Ulrich Schaffer

Sammle mir Kiesel am Fluß

HERDER / SPEKTRUM

Band 5001

Das Buch

Eine dichte, inspirierende Geschichte voller Poesie, von geheimnisvoller Tiefe: Was hat die Sprache der Kiesel mit der Liebe zu tun? Es gibt blaue Kiesel mit weißen Adern und weiße Kiesel, die grüne Adern haben. Manche Kiesel sind flach und glatt, andere sehen aus, als hätte jemand ein Stück herausgerissen. Jeder von ihnen ist unvergleichbar und einzigartig. Man muß die Sprache der Kiesel kennen, und man kann lernen, daß jeder Stein auch stellvertretend für alle anderen steht. In einem einzelnen Stein kann man alle Steine erkennen und lieben. Genauso ist es mit dem Menschen. Und darum ist Ulrich Schaffers Erzählung mehr als eine Liebesgeschichte: Es geht in ihr nicht um zwei bestimmte Menschen, sondern um die Beziehung zwischen Mann und Frau überhaupt, darum, wie sie zueinander finden und dabei auch sich selber neu erkennen können. Schaffer schildert eine starke Frau, die dem Mann einen ganz neuen Blick auf die Liebe ermöglicht – und doch ist auf dem Weg, den beide miteinander gehen, jeder zugleich Schüler und Lehrer des anderen. Was beide erfahren, ist, daß zum Festhalten auch das Loslassen gehört, zur Ernsthaftigkeit das Spielerische, zum Zweifel der Glauben. Im Alleinsein und in der Bewegung aufeinander zu, in der vorsichtigen Berührung schließlich ist jeder sich des anderen voll bewußt, aber der „Paarlauf" der Liebe gelingt nur, wenn jeder auch als einzelner auf der glatten Oberfläche laufen kann. Erzählt wird eigentlich von einer neuen Art der Beziehung zwischen Männern und Frauen, die Ausgangspunkt sein kann für eine Veränderung der gegenwärtigen Welt: Im Leben aus dem Inneren, „Kleinen" der Beziehung heraus, das das Erobern und Ordnen der Welt hinter sich läßt, eröffnen sich neue Möglichkeiten der Konfliktlösung „im Großen". In der Liebe liegt die Möglichkeit, miteinander die Ganzheit zu erleben und zugleich die Chance für ein Überleben der gesamten Welt.

Der Autor

Ulrich Schaffer wurde 1942 in Pommern geboren. 1953 wanderte er mit seinen Eltern nach Kanada aus. Nach seinem Studium der Germanistik und Anglistik lehrte er europäische Literatur an einem College bei Vancouver. Seit 1981 arbeitet er freiberuflich als Schriftsteller und Fotograf.

Die Zeichnerin

Dawn Deitzer wurde 1958 in Vancouver geboren. Nach dem Abitur absolvierte sie ein zweijähriges Studium an einer Kunstschule, danach machte sie eine Ausbildung zur technischen Zeichnerin.

Ulrich Schaffer

Sammle mir Kiesel am Fluß

Mehr als eine Liebesgeschichte

Mit Zeichnungen von Dawn Deitzer

Herder
Freiburg · Basel · Wien

Gedruckt auf umweltfreundlichem,
chlorfrei gebleichtem Papier

Verlag Herder Freiburg im Breisgau 1998
Lizenzausgabe mit freundlicher Genehmigung des Quellverlags, Stuttgart
Herstellung: Freiburger Graphische Betriebe 1998
Umschlaggestaltung: Joseph Pölzelbauer
Umschlagbild: August Macke
ISBN: 3-451-5001-3

Besonders
für die Frauen
die mir auf der Reise
zu meiner weiblichen Seite
aktiv und passiv geholfen haben,
die sich selbst treu geblieben sind
und mich so herausgefordert
und bereichert haben.
Als Dank.

Aber natürlich
auch für die Männer,
die ihre Einseitigkeit entdeckt haben
und sich jetzt auf den Weg machen
zu einem volleren Menschsein.
Als Ermutigung.

Innere Heimat

Er träumt von Begegnung und Liebe. Es ist der alte, immer neue Traum. Er hat das Bedürfnis, zu geben und zu empfangen. Meistens geht er seine Wege allein. In den Parks, über die Brücken, an den Häuserfronten entlang, durch die offene Landschaft, in Regen und Sonne, in Wind und Schnee. Und er träumt von all den Möglichkeiten, diese Wege zu zweit zu gehen.

Er trägt Erwartung wie ein Buch in sich. Dann und wann blättert er in diesem Buch. Wenn er unter Menschen ist, streckt er zaghaft die Hände aus. Er will nicht, daß man es merkt und ihn als bedürftig empfindet. Und doch will er, daß man es merkt. Er will kein Mitleid, aber Liebe. Er weiß, daß die beiden durch Welten getrennt sind. Das hat er oft genug erlebt.

Die Bilder, die er in sich trägt, versucht er Wirklichkeit werden zu lassen. Fast immer sind es Bilder von Begegnung, von erfüllter Hoffnung, von Selbstvergessenheit, von Gemeinschaft und innerer Heimat. Manchmal kann er an nichts anderes denken als an diese Wünsche: einen Platz zu haben in den Gedanken, in dem Herzen und an der Haut eines anderen Menschen.

Die Leere

Wenn er sein bisheriges Leben überfliegt, merkt er, daß es zwischen den Ereignissen, die ihn tief berührt haben, immer sehr viel Leere gab. Und manchmal zerfielen die Ereignisse im nachhinein auch noch, und es blieb nichts. Das Leben schien aus Warten zu bestehen. Die Liebe, die er erlebt hatte, war ihm meistens wie eine Störung vorgekommen, wie eine Unterbrechung; willkommen zwar, aber eben doch nicht das Leben selbst – nur eine Ausnahme. Und wenn die Liebe vorbei war, war die Leere, in die er dann wieder fiel, noch unerträglicher als zuvor.

Er wünscht sich eine echte Verbindung von Leben und Lieben. Ein Leben aus einem Guß, nicht mehr diese Zerstückelung, aus der kein ganzes Bild zu machen ist. Aber gibt es das? Wo ist das zu lernen? Wer lebt so und kann ihm da Lehrer sein? Er hat wenig Hoffnung in dieser liebearmen Zeit.

Worte wie Papierschiffe

Sich in Worte fallen zu lassen wie in Watte, das hatte er sich schon oft gewünscht. In die eigenen Worte und in die Worte eines geliebten Menschen. Das wäre die Tür aus der Einsamkeit. Es müßte gar nicht unbedingt zu einer Körperberührung kommen. Nur über die Worte wäre schon eine große Nähe möglich.

Dann sprach er still und verschwiegen mit sich selbst. Er hörte seine eigene Stimme und die des andern, und der Käfig sprang auf. Und ... fiel doppelt schmerzhaft zu, weil das Gespräch nur in ihm abgelaufen war.

Worte, die wie Papierschiffe sind, die man vorsichtig auf einen kleinen Teich setzt und anbläst, in der Hoffnung, sie werden die Richtung zum andern einschlagen und in seinen vorsichtigen Händen landen.

Worte, die zu Sätzen werden, dann ganze Gedanken umfassen und endlich einen Abend füllen, und der Abend wird zu einer Heimat, die man nicht verlassen will. Ein Abend des Gesprächs, an dem die Zerbrechlichkeit des Lebens immer wieder neu deutlich wird, sich aber trotzdem jeder entscheidet, gegen alle Enttäuschungen lebendig zu bleiben.

Worte, die wie Hände sind, die man sich gibt. Haut berührt Haut, verbunden mit dem Herzen wie die Worte. Beides Gewebe der Seele.

Worte wie Skalpelle, die liebend schneiden und das Kranke von dem Gesunden trennen, um das Leben zu ermöglichen.

Vorsichtig, zurückhaltend

Er lebte vorsichtig, abwägend, zurückhaltend, wie ein schon oft Verwundeter. Wie einer, der das tiefe Wasser erst erprobt. Er ahnte, daß es schrecklich wäre, in die Hände der Liebe zu fallen, von ihr heimgesucht zu werden und nicht mit ihr umgehen zu können. Er hatte es oft genug gesehen: diese Verzerrung des Menschen, der sich selbst aufgibt, der zu fliegen beginnt, dem das Glück aus den Augen sieht, der aber dann schon nach den ersten Enttäuschungen abstürzt, die Schmerzen, die die Liebe auch macht, nicht erträgt und vor sich und seiner Reife davonläuft.

Darum wünschte er sich nichts sehnlicher als einen Menschen, der in der Liebe gereift ist. Aber gab es diesen Menschen, oder irrten alle gleich verloren auf diesem Planeten umher, mit der Hoffnung, vom Schicksal beglückt zu werden? Er wußte die Antwort nicht.

Auch ich suche nach jemand,
der noch sucht
und das Suchen des Versteckten
nicht aufgegeben hat.

Ich hoffe auf die Begegnung der Augen,
auf das Abenteuer der inneren Welt.
Dich will ich finden
und die Liebe erleben,
die das Leben neu eröffnet
und der Verzweiflung den Kampf ansagt.

Daß es dich gibt,
weiß ich,
weil es mich gibt.
Darum setze ich noch Fuß vor Fuß
auf dem langen Weg zu dir.
Finden wir uns?

Erste Begegnung

Ihre erste Begegnung stand unter keinem besonderen Zeichen. Es war keine Sternstunde, aber wenn sie richtig mit ihr umgehen würden, könnte sie zu einer Sternstunde werden.

Es passierte nichts Außergewöhnliches. Still, fast verstohlen, fand Leben zu Leben, Sehnsucht zu Sehnsucht. Es war ein vorsichtiges Abtasten nach ähnlichen Erlebnissen, nach verwandten Gefühlen. Ein Vergleichen innerer Landschaften. Die Fragen: Was ist und was ist möglich? standen zwischen ihnen. Es war ihm fast unmöglich, sich der Situation anzuvertrauen, einfach nur zu erleben, nur zu sein. Er merkte, daß er alles zu vorsätzlich und zu überlegt tat, und konnte es doch nicht ändern. Er ahnte, daß sie es vielleicht war, die ihm helfen könnte, den Weg aus der Verengung und Verängstigung zu finden.

Je stärker er sie in sich aufnahm und mit ihren Augen zu sehen begann, desto befangener wurde er. Seine Worte wurden gestelzter, er vergaß das Einfachste, und Unwichtiges drängte sich ihm mit Lächerlichkeit auf. Aber in ihm wußte etwas, daß das Wichtige an ihm einem Menschen mit Durchblick sichtbar war. Er verstellte sich nicht, sondern er erlaubte es sich, so durcheinander zu sein, wie er war.

Deutungen

Wieder mit sich allein, mißtraute er seinen Gefühlen und Beobachtungen. Er bewertete über und unter, um keinem Irrtum anheimzufallen, und wußte doch, daß er nicht wissen konnte, was sie tief in sich gefühlt hatte. Noch war sie die Fremde.

Er versuchte die Zeichen ihres kurzen Austausches zu deuten, in ihrer Sprache und Gestik zu lesen, aber er merkte, daß er allein war mit seinen Vorstellungen und seiner Hoffnung. Sie war nicht da, um ihm etwas zu bestätigen oder anders zu deuten. Es gab nichts Festes für ihn.

Er zog jeden Faden, den er fassen konnte, ins Unendliche aus. Aus Kleinigkeiten wuchs ein ganzes Bild im Reich der Beziehungen. Aus einem Wort wurde eine Rede, aus der Rede eine Weltanschauung. Aus einem kurzen Lächeln schloß er auf ihre ganze Lebenseinstellung. Seine Fantasie entwickelte und warf ihm zu, was er brauchte. Er erfand die Welt, die er suchte, in der Hoffnung, daß die Wirklichkeit seiner Erfindung nachkommen werde. Zu allem dachte er etwas hinzu, baute aus, verdichtete, und manchmal, im Eifer seiner Liebe, machte er aus nichts etwas.

Ich habe dich gesehen,
du hast mich gesehen,
aber wir sind aneinander vorbeigegangen.

Ich habe gewartet,
manchmal mit angehaltenem Atem,
auf den Moment des Erkennens.

Als der Moment nicht kam,
bin ich tiefer und tiefer
in mich hineingefallen.

Da erkannte ich
auch mich nicht mehr
und nahm sogar das Warten zurück.

Ich trage dich längst in mir.
Ehe ich dich kannte,
warst du meine Sehnsucht.
Jetzt bist du mein Begleiter
ins Heilwerden.

Durch dich
werde ich
in mir finden,
was mir noch fehlt.

Ich werde mich nicht
an dich hängen,
nicht an dir hängen,
nicht abhängig sein.

... und dich doch lieben.

Die alten Verletzungen

Sie trafen sich jetzt häufiger, sagten einander mehr, wagten, in sich hineinblicken zu lassen. In jedem Treffen und in jeder Trennung wuchsen sie zueinander hin. Sie nahmen einander mehr und mehr auf, trugen sich gegenseitig im Sinn, wie eine Kostbarkeit, die man nicht ablegen will, weil man meint, man könne sie sonst verlieren. Und doch waren sie sich oft nicht sicher, ob das, was sie erlebten, auch Wirklichkeit war.

In ihm lebten noch die Enttäuschungen, die Illusionen der letzten Jahre. Jetzt, in der neuen Liebe, flackerte der Schmerz alter Wunden auf. Er spürte noch einmal die Verletzungen, die er erlitten hatte, aber auch die, die er zugefügt hatte. Ganz neu wurde ihm bewußt, daß mit der Liebe auch Verantwortung kommt. So bewegte er sich vorsichtig und nicht wie ein wild Liebender. Er spürte das Feuer wohl, aber er wollte nicht, daß es ein alles verwüstender Brand wird.

Er liebte seine Gefühle ihr gegenüber, ihre Neuartigkeit, ihren Zauber, ihre Weite. Aber er wußte auch, daß nur auf Gefühle keine Beziehung aufgebaut werden kann. Und so entschied er sich auch für die Arbeit der Liebe, für das Durchhalten, für die Enttäuschungen und für das Vergeben.

Der Schmerz der Liebe

„*I*ch will von dir lernen."

„Was willst du lernen?"

„Das Lieben! Ich weiß nicht, wie ich es sonst nennen soll. Ich ahne, daß es etwas geben muß, was ich nicht weiß, was mein Leben reich machen würde. Vielleicht weißt du es."

„Ich weiß nicht, was du lernen kannst von mir. Ich werde nicht deine Lehrerin sein, aber ich werde einfach die sein, die ich bin. Wenn ich mir treu bin, wirst du etwas über die Liebe lernen. Was ich über das Lieben weiß, habe ich von Menschen gelernt, die sich selbst liebten oder sich selbst treu waren; beides ist dasselbe."

„Ich hoffe, daß in unserer Liebe zueinander die Welt durchsichtiger wird. Ich möchte verstehen, was uns zueinander zieht und was uns voneinander trennt."

„Hast du auch daran gedacht, daß das Schmerzen macht? Bist du bereit, Schmerzen zu tragen?"

„Mein Leben ist viel Schmerz gewesen, der Schmerz der Leere. Aus dem Schmerz wurde nichts. Er kam, wuchs, ging weg, kam wieder, aber ich habe ihn nicht wirklich verstanden. Er war nur da, wie ein Druck, den man so schnell wie möglich wieder loswerden will."

„Ich meine den Schmerz, der mit der Liebe verbunden ist. Den Schmerz, der daraus entsteht, daß man sich ganz auftut für den anderen, mit ihm verschmilzt, aber es doch nicht kann. Am Ende bleibt man immer ein einzelner. Das ist ein voller und tiefer Schmerz."

„Ich ahne das", sagte er. „Ich will das Risiko eingehen.

Ich will wirklich lebendig sein. Ich spüre, daß das Lebendigsein immer mit Schmerzen verbunden ist. Aber ich will nicht mehr den Schmerz, der vom Absterben kommt. Ich fühle mich wie ein Panzertier, das immer weniger empfindet und langsam in sich zugrunde geht."

„Der Schmerz der Liebe ist ein stechender Schmerz, eine offene Wunde. Weil Lieben nur möglich wird, wenn wir uns verletzbar machen, werden wir auch in der Liebe verletzt. Darum geht auch der tiefste Schmerz von dem Menschen aus, den wir am meisten lieben. Dagegen gibt es keine Verpanzerung, außer, daß man seine Liebe aufgibt."

„Ich denke, ich weiß, was du meinst. Wirst du mich auch verletzen?" fragte er, und seine Stimme klang etwas ängstlich.

„Ich will dich nicht verletzen, aber wenn ich ich bin, werde ich dich verletzen, weil du dich entschieden hast, mich zu lieben, und wir beide doch so verschieden sind. Aber du mußt auch wissen, daß die Schmerzen, die ich dir zufügen werde, auch mich schmerzen werden."

„Du sagst, daß die Liebe den Schmerz noch verdoppelt? Warum dann lieben?"

„Weil wir nur so wir selbst werden und das Leben in seiner Tiefe verstehen. Wer nicht liebt, bewegt sich an der Oberfläche des Lebens. Nur die Liebe erschließt die tieferen Zusammenhänge."

Wenn sie so miteinander sprachen – und sie taten es oft –, war es, als schritten sie beide die Landschaft ab, die sie bewohnen wollten.

Bleib bei mir.
Ich habe doch Zeichen gesetzt.
Ich habe Bäume gepflanzt,
die in den Himmel wachsen.
Ich habe leuchtende Fragen
über dich gehängt.
Ich habe dir einen Namen gegeben.

Bleib doch.
Teile den Morgen,
das Brot,
die Freiheit mit mir.
gib mir einen Namen
und trage meine Knospen,
so wie ich deine.

Haben, als hätte man nicht

„Du wirst mich nur halten, wenn du mich losläßt", sagte sie. „Klammere dich nicht an mich. Ich muß frei sein, um bei dir bleiben zu können."

Aber er verstand sie nicht. Unmöglich schien es ihm, jetzt seine Freundin loszulassen. Er hatte sie doch gerade erst gefunden. Sie erriet seine Gedanken und sagte: „Alles, was man festhält, stirbt, weil es sich nicht so verändern kann, wie es sich verändern muß."

Dann ging sie an den Strand, und sie bat ihn, seine Hand zu einer Schale zu machen und offen zu halten. Dann füllte sie sie mit trockenem, heißem Sand, bis dieser zu einem kleinen Berg in der Hand wurde.

„Siehst du, wie reich du bist", sagte sie dann.

Er aber verstand nicht, was sie meinte.

„Versuche, den Sand zu halten."

Er drückte die Hand zusammen, versuchte, die Finger so zu stellen, daß kein Sand entkommen konnte. Es gelang ihm nicht. Je mehr er versuchte, den Sand zu halten, desto mehr rann ihm zwischen den Fingern hindurch. Als er die Hand wieder öffnete, war sie fast leer.

„Jetzt verstehe ich dich", sagte er. „Ich will dich nicht halten. Du sollst frei bleiben." Und er ahnte den Schmerz, von dem sie geredet hatten.

Lieben wollen

„*K*ann man lieben wollen?“ fragte er mit der ganzen Unsicherheit eines Anfängers, denn als diesen sah er sich.

„Das Lieben lernen zu wollen, ist schon selbst eine Form des Liebens. Nur der bereits Liebende weiß, daß er mehr Liebe braucht. Der kleinlich Liebende meint genug zu lieben. Er ist mit sich selbst zufrieden und wächst nicht weiter. Die Sehnsucht nach dem Lieben-Können ist bereits ein Ausdruck der Liebe. Diesem Ausdruck müssen wir zur Seite stehen, ihn fördern und nähren. Alle großen Liebenden waren Sehnsüchtige. Ihr Herz zog sie immer tiefer in die Mitte der Welt, in die Unvollständigkeit und Not, die nur mit einer reiferen Liebe aufzuheben sind.“

Manchmal waren ihre Gespräche einseitig. Sie sprach nicht viel mehr als er, und er stellte fast nur Fragen. Aber es störte ihn nicht. Er hatte schon früh gemerkt, daß sie über manches länger nachgedacht hatte als er. Und er hörte ihr gern zu und versuchte, die Welt eine Weile mit ihren Augen zu sehen. Danach kehrte er wieder zu sich selbst zurück und überlegte, wie er das Gehörte und Gedachte in seinem Leben leben könnte.

Wissen und Tun

„Gestern habe ich dich den ganzen Tag lang gesucht. Aber du warst nicht da“, sagte er zu ihr.

Sie wunderte sich: „Ich war doch bei dir! Wir haben miteinander gesprochen und gegessen. Wir sind spazieren gegangen. Ich habe dich meinen Freunden vorgestellt, wir haben zusammen ein Bild gekauft, gerahmt und aufgehängt.“

„Und doch warst du nicht da. In dir war eine andere, die deinen Körper benutzt hat. Dich habe ich den ganzen Tag nicht gesehen.“

Jetzt ahnte sie, was er meinte. Gestern hatte sie versucht zu wirken. Sie hatte sich klein und unscheinbar gefühlt und wollte es wettmachen, indem sie alles wußte und konnte. Das hatte er gemerkt. Sie hatte vor der großen Herausforderung der Liebe Angst gehabt und sich den Anschein gegeben, als wäre es nichts so. In ihrem Eifer, aus dieser Beziehung etwas Wertvolles zu machen, war sie sich selbst voraus geraten und hatte gerade damit enttäuscht. Er hatte bei ihr angeklopft, in der Hoffnung, sie mit Fehlern und Schwächen vorzufinden. Aber sie hatte sein Klopfen nicht gehört.

Und wie schon früher, spürte sie den weiten Weg vom Wissen zum Tun. „Was ich weiß, kann ich noch lange nicht“, sagte sie laut, und er ahnte, was sie damit meinte.

Ich bin, was ich denke.
Ich bin, was ich habe.
Ich bin, was ich sein will.
Ich bin, was du von mir denkst.
Ich bin, was du von mir willst.
Ich bin, was meine Eltern von mir dachten.
Ich bin, was eine Frau/ein Mann ist.

Und das alles bin ich auch nicht.
Ich bin jetzt, in dieser Sekunde,
was ich noch nie war.
Ich kann mich verändern
und wählen,
wer ich sein will.

Werde ein Baum

Als sie eines Tages durch einen Wald gingen, sagte sie plötzlich: „Werde ein Baum, Lieber. Wachse auf mich zu; ich bin die Krone, du bist der Stamm. Werde ein Baum, fühle dich wachsen."

„Wie soll ich ein Baum werden?"

„Steh still und *werde* nach unten, in die Tiefe."

Lange stand er unter den großen Bäumen still. Er versuchte, sich als wachsenden Baum zu erleben. Er sah um sich, sah nach oben, sah an sich hinunter und spürte nichts. Innerlich rief er nach seiner Freundin, die weitergelaufen war, aber sie hatte ihn seinem Wachstum übergeben. Doch dann hörte er eine Stimme in sich, klein und vorsichtig: „Nach unten mußt du denken, in die Tiefe und Ruhe, in den festen Boden. Deine Füße sind Wurzeln, die nach Nahrung suchen. Du wächst in das Erdreich hinein. Die Erde ist dein Reich und dein Reichtum. Aus ihr kannst du leben. Nach unten, nach unten."

Und er hörte auf, in die Höhe und um sich zu sehen. Er verglich sich nicht mehr, er versank in sich und konzentrierte sich auf die Schwere, auf das Verwurzeltsein, auf den Halt und die Festigkeit. Da spürte er sich wachsen. Wurzeln gingen von ihm aus. Unter ihm spalteten sich Steine und ließen die Wurzeln durch. Feuchtigkeit floß in ihnen empor zum Stamm. Obgleich er in sich gekehrt verharrte, spürte er doch, wie die Verbindung zu jedem Teil des Baumes hergestellt war. Die Saftbahnen reichten bis in die Spitzen der kleinsten Äste.

So beschäftigt war er mit diesem ganzen Vorgang, daß er

nicht einmal merkte, wie er wuchs. Der blaue Himmel kam ihm immer näher. Selbständig breiteten sich die Äste aus, und mutig, ja übermütig wuchsen die Nadeln zu einem dicken Teppich in der Luft. Und zwischen der Krone und den Wurzeln liefen die Botschaften des Wachsens und Reifens.

Du,
alles hat deine Augen,
und die Straßen, die ich entlangschlendere,
kommen über die Berge und durch die Ebenen
von dir und führen wieder zurück zu dir.

Unsere Angst ist weniger geworden.
Wir stehen fest.
Wir sind gehalten.
Wir tragen Eichen, aber auch Birken in uns,
und unsere Augen sind Spiegel.

Ich brauche dich nicht zu erwähnen.
Ich trage dich unter dem Blut.

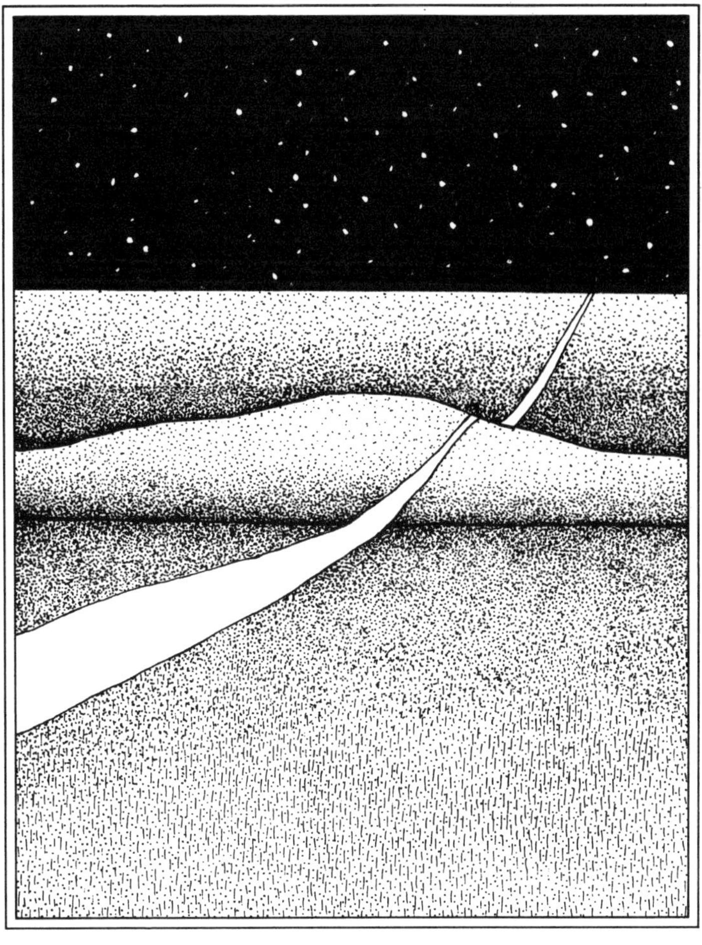

Der Sog

Manchmal spürte er den Sog der Beziehung. Nicht, daß sie ihn so aufsaugte und beschlagnahmte, nein, sondern er spürte den Sog in sich. Er fiel in sich selbst hinein, in seinen Wunsch nach mehr und mehr, und die Freundin war nur die äußere Gestalt, an der er diesen Sog festmachen konnte. Er wollte sich in ihr verlieren, mit ihr verschmelzen und jede Trennung aufheben.

Er konnte nicht unterscheiden zwischen dem, was er in sich selbst auslöste, und dem, was durch sie geschah. Er verzehrte sich nach ihrer Nähe, ihrer Berührung, ihren Worten, ihrem Blick. Mit ihr zu sein, war der Inbegriff allen Glücks für ihn. Noch merkte er nicht, daß er sich auch in die Liebe verliebte, in die Gefühle der Liebe, in den Rausch, weggetragen zu werden von seiner Wirkung auf sie. Noch wollte er sich so sanft betrügen und darin glücklich sein.

Ich liebe die Worte,
die wir austauschen.
In Zartheit
lassen wir sie los
wie Schmetterlinge.

Eine stille, heilbringende Angst
begleitet sie auf ihrem Weg.
So kommen sie in ihrer Zerbrechlichkeit
unversehrt bei dir und mir an.

Aber habe ich sie so gehört,
wie du sie freigelassen hast?

Die Kraft, die das Universum erhält

„*I*ch will nicht nur dich kennenlernen“, sagte er, „sondern durch unsere Begegnung will ich mehr von dem Wesen der Liebe verstehen, von der Kraft, die das Universum erhält. Ich will nicht nur in unserem Glück steckenbleiben, sondern begreifen, wie alles zusammengehört. Darum wünsche ich mir, daß wir einander herausfordern. Ich möchte, daß du nicht nur meine Freundin bist, sondern mehr. In dir möchte ich der Liebe selbst, mit ihren Ansprüchen und Gaben, begegnen.“

„Mir geht es auch so. Und denke bitte nicht, daß ich das alles kann, wozu ich dich herausfordere. Manches habe ich lange geübt, und ich weiß, wie notwendig es ist, es zu lernen, und habe es doch noch nicht gemeistert. Das Loslassen zum Beispiel, und doch will ich dich herausfordern, mich loszulassen, damit du selbständig wirst und deine Vollkommenheit nicht nur durch mich und in mir suchst. Und wenn du merkst, daß ich dich halte, daß ich dich bedränge, dann mache mich darauf aufmerksam und hilf mir, darüber hinauszuwachsen. Auch ich will weiter.“

Glaube mir nicht, wenn ich dir sage, daß ich dir ganz gehören will. Ich will niemandem gehören.

Wenn du wirklich mich kennenlernst, dann wirst du auch dich immer besser kennenlernen. Und wenn du dich kennst, wirklich kennst, dann werde ich kein Fremder für dich sein.

Wir zeigen, was wir erkannt haben wollen.

Ob du mich wirklich so haben möchtest, wie du sagst?
Eine freiwillige Bindung ist kein Gebundensein.

Hast du gemerkt, daß du mich gerettet hast?
Ja, aber hast du gewußt, daß das meine Rettung war?

Spiegelungen

Auf einem Spaziergang durch ihren Park kamen sie auf eine kleine Brücke, die über einen langgestreckten Teich führt. Auf der Brücke hielt sie ihn an, und beide blickten über das Geländer in den Teich, der dicht unter ihnen lag. Da wuchsen Gräser, die sich langsam im Wasser bewegten, als würden Haare mit einem unsichtbaren Kamm gekämmt. Ab und zu glitt ein Goldfisch gemächlich vorbei. Steine, deren runde Köpfe aus dem Wasser ragten, setzten unter Wasser ihre Form fort, bis sie sich im Dunkel des Wassers verlor.

So hatten sie eine Weile gestanden, als er plötzlich sein eigenes Spiegelbild im Teich entdeckte. Es war, als wäre erst jetzt sein Blick für die Spiegelung frei geworden. Manchmal sah er sich selbst ganz klar, dann aber trieben die Gräser über sein Gesicht und seinen Oberkörper, und sein Auge stellte sich scharf ein auf die Bewegung. Dann wiederum bewegte ein leichter Wind die Oberfläche des Teiches, und alle Bilder zerfielen in kleine Wellen, die über die ganze Länge des Teiches geblasen wurden.

Er ließ sie an seinen Beobachtungen teilnehmen, und sie sagte: „Schon ehe ich dich kannte, bin ich öfter hierher gekommen, weil mir diese Spiegelungen Sinnbild dafür sind, wie Menschen einander sehen.

Du bist die wogenden Gräser im Wasser. Wenn ich die Gräser, wenn ich dich ansehe, liegt über den Gräsern meistens mein Spiegelbild. Ich sehe auch immer ein wenig mich, wenn ich dich ansehe. Und manchmal sehe ich nur mich, wenn ich dich ansehe. Dann komme ich nicht an der Spiegelung meiner selbst vorbei, und ich weiß dabei noch nicht einmal, daß ich nur mein Spiegelbild betrachte. Ich täusche mich selbst. Ich sehe das in dir, was ich in mir trage. Ich bringe das Bild schon mit, und selbst wenn ich mich anstrenge, ist es schwer, die Bilder voneinander zu trennen. Gelegentlich kommt dann ein Wind, der alles unkenntlich macht. Das ist die Enttäuschung. Da verlieren wir den anderen aus den Augen, weil er so anders ist, als wir ihn in uns trugen. Dann warten wir auf Windstille, um unser liebgewonnenes Bild von ihm wieder auf ihn werfen zu können."

Sie hatte ihm in die Augen gesehen, während sie sprach, und er spürte, daß sie beide mit jedem Satz sichtbarer wurden und die Bilder von ihnen abfielen. Sie schwiegen und hielten die Stille, in der sie immer wirklicher wurden, aus.

Wärest du eine Wolke,
ich würde dich nicht herunterholen.
Wärest du ein frischer Wind,
wünschte ich dir junge Birken.
Wärest du das Meer,
würde ich in dir schwimmen.
Wärest du eine Blume,
ich würde dich nicht pflücken.

Aber noch schöner ist,
daß du du bist
und ich ich.

Die Stille

Es gab Tage, da schwieg sie, als wäre sie stumm geworden. Wortlos war sie nur da, freundlich, liebevoll, aber ohne Stimme. Er hörte nicht, wie sich ihre Zunge und Lippen um die Worte legten. Sie beantwortete alle seine Fragen nur mit ihrem Dasein.

Zuerst verunsicherte ihn das sehr, und er fragte sich, ob er etwas getan hatte, was sie so verstummen ließ, und stellte seine Fragen noch inständiger. Er nahm ihr das Antworten ab und legte ihr Fragen in den Mund, die er dann beantwortete. Verloren rang er die Hände. Sie aber war weiter still und ging in jeder Tat weiter ihren Weg zu ihm hin.

Als er merkte, daß ihr Wohlwollen nicht nachließ, hörte er mit den Fragen und Selbstanklagen auf und konzentrierte sich darauf, sie wortlos zu erleben. Sie verrichtete kleine Handgriffe, war in ihrem Körper zu Hause, sah aus dem Fenster, hielt inne und ließ sich dann und wann mit dem Blick in eine ferne, unsichtbare Landschaft treiben. Und neben ihr wurde auch er innerlich stiller.

Später spürte er in ihren Händen, die sich um seine Hände legten, in ihren Augen, die ihn tief ansahen, und in ihrem Schweigen, mit dem sie ihn trug, daß sie eine Sprache sprach, die ihn ins Herz traf. Keine Worte kamen in die Quere. Keine Betonungen lenkten ab. Und mehr und mehr erlebte er die Stille wie ein Geschenk, wie ein körperliches Bedürfnis, ohne das die Liebe nicht wachsen kann. Lauter Geräusche und viel Reden empfand er dann fast als schmerzhaft.

Wenn sie an einem späteren Tag dann im Gespräch standen, konnte es geschehen, daß er Sehnsucht nach dieser Stille bekam und ihr seinen Zeigefinger auf die Lippen legte und sie seinen Wunsch erriet. Dann sanken sie beide in das Schweigen, in dem sie von Minute zu Minute gegenwärtiger wurden, bis nichts mehr sie zu trennen schien. Sie waren sich einig: In der Stille hört das Herz.

Die Kraft der Sehnsucht

„Wie sehnst du dich, Lieber? Bist du in deinem Sehnen zu Hause, und sehnst du dich nur nach Erreichbarem?“ fragte sie ihn.

Er verstand sie nicht sofort. In ihm lebte vieles, was er nicht kannte, und in ihm zogen Gedanken, die er nie anhielt und näher betrachtete. Manchmal empfand er, daß es in ihm einen ganzen versunkenen Kontinent gab. Es blieb manches dunkel in ihm, so jetzt auch ihre Frage nach der Sehnsucht. Er antwortete: „Ich kenne Sehnsucht, aber ich denke nicht viel über sie nach. Entweder ist sie da, oder nicht. Mehr weiß ich nicht.“

Fast schelmisch antwortete sie: „Oh, dann kennst du noch nicht eine geheime, ganz starke Kraft. Ich will dir die Geschichte von den Liebenden erzählen.“

Sie machte es sich gemütlich und begann ihre Geschichte.

„Nur einmal hatten sie sich gesehen, und er hatte in ihr sein inwendiges Bild, das er wie eine Kostbarkeit in sich trug, zum ersten Mal außerhalb von sich gesehen. Diese Frau glich der Frau, die er in sich trug. Aber dann, nach diesem Blick, nach dieser ersten Berührung der Augen, wurden sie wieder getrennt, durch einen Kontinent, ein Meer und eine fremde Sprache. Er blieb zurück mit seiner Sehnsucht. So hatte er bisher Sehnsucht nicht gekannt.

Die Sehnsucht fiel ihn an, sie schlich sich in die stillen Orte seines Lebens ein, sie malte ihm Bilder der Geliebten, sie spielte mit seinen Sinnen. Sie stürzte ihn in Schmerzen und Tränen und war nicht zu vertreiben. Und als er sich gar nicht mehr gegen sie wehren konnte, lud er sie ein, seine Freundin zu werden.

So blieb die Sehnsucht bei ihm. Er sprach mit ihr und lernte sie besser kennen. Er entdeckte, daß es die Sehnsucht war, die die Brücke zu seiner Geliebten bildete. Durch die Sehnsucht war ihr Bild auch über den großen Abstand lebendig in ihm geblieben. Jetzt begann die Sehnsucht ihm Wege vorzuschlagen, wie er die Geliebte wiedersehen könnte. Er hörte auf, im Kreis der Unmöglichkeiten zu denken, und dachte mit ganzer Kraft auf sein entferntes, schönes Ziel zu. Alle Hindernisse zwischen ihm und der Geliebten wurden zu Herausforderungen.

Weil er kein Boot besaß, lernte er die Kunst des Bootbauens, von der Bearbeitung des Holzes bis zur Herstellung des Segelstoffes. Er lernte das Kommen und Gehen der Winde und verstand mehr und mehr von den Eigenarten der Gezeiten im Wechsel der Jahreszeiten. Er lernte Seekarten lesen und wußte, welche Meeresströmungen wohin führten. Und als es Zeit war, seine Mannschaft auszuwählen, lernte er Menschen lesen und wählte die, die durchhalten würden. Es gab nichts in seinem Leben, hinter dem nicht die Sehnsucht gestanden hätte."

Hier machte sie eine Pause in ihrer Erzählung. Sie wollte ihm die Möglichkeit geben, sich die innerliche Landschaft dieses Menschen auszumalen, sich hineinzudenken in die Stärke seiner Sehnsucht. Dann fuhr sie fort:

„Was er auf seiner langen Reise lernte, kann ich nicht alles aufzählen, und wie er reifte, ist schwer zu beschreiben. Dann landete er. Seine Mannschaft ließ er allein zurücksegeln. Sie teilten seine Sehnsucht nicht. So brach er alle Brücken hinter sich ab.

Auf seiner langen Seereise hatte er die Sprache des neuen Landes gelernt. Nur die Aussprache beherrschte er nicht. Aber er fragte sich durch, sprach mit Händen, Füßen und Augen. Er nahm immer wieder Arbeiten an, um sich zu ernähren. Er wurde als Landstreicher verhaftet, und man versuchte, ihn als Ausländer über die Grenze abzuschieben. Immer wieder mußte er erfinderisch sein, um zu überleben.

Ich habe wenig über sein Leid gesprochen, weil es nie größer war als seine Sehnsucht. Er ließ es nie größer werden, und darum wurde alles Leid durch die Sehnsucht verwandelt. Er trug die Schmerzen, die Verachtung, die Unsicherheit und die Einsamkeit und ging weiter den Weg, der in ihm leuchtete. Er reifte hin zu seiner Geliebten, wurde ein Weiser und ein Meister der Sehnsucht."

Hier hörte sie mit ihrer Erzählung auf. Es war dunkel geworden, und bei den letzten Worten war sie nur noch eine Stimme. Er sah sie nicht mehr.

„Kannst du dich so sehnen?" fragte die Stimme, „oder sehnst du dich nur nach dem Vordergründigen? Erst die Sehnsucht nach dem schier Unmöglichen macht uns zu Menschen. Und wer die Sehnsucht verliert, verliert bald alles andere. Nur wer seine Sehnsucht erhält, bleibt lebendig."

Der Freund hatte ihr still zugehört, und je länger sie sprach, desto mehr spürte er seine Armut. „Wie klein meine Sehnsucht noch ist", sprach es in ihm.

Dann sprach sie wieder. „Als ich meine Sehnsucht kennenlernte, entdeckte ich, daß sie größer war, als ich gedacht hatte. Ich habe sie nicht einmal vor mir selbst zugegeben, weil ich ihre Unerfüllbarkeit nicht erleben wollte. Ich hatte Angst vor dem Schmerz. Und so habe ich meine Sehnsucht nach Leben und Erfüllung unterdrückt, bis sie zu mächtig wurde. Dann wollte ich leben, leben, leben. Ich bin meiner Sehnsucht nachgegangen und habe entdeckt, daß sie Leben bedeutet."

Er antwortete nicht, und sie ließ ihn in seiner Stille. Er würde sich alle weiteren Türen selbst öffnen. Er mußte seinen eigenen Weg finden, den Weg, den noch keiner gegangen war.

Nach einer langen Stille sprach sie noch einmal: „Es war gut, daß du nicht gefragt hast, ob er seine Geliebte erreicht hat. Du selbst mußt die Geschichte zu Ende erzählen. Es ist deine Geschichte."

Dann wurde ihre Stimme leiser, und es war, als spreche sie nach innen zu sich selbst: „Wenn wir die Sehnsucht verstehen und einsetzen, dann können wir die ganze Erde bewegen. Die Sehnsucht ist die Schwester des Glaubens und die Mutter des Reifens."

Fast ist schon jede Berührung zuviel,
das Hinsehen zu aufdringlich,
das Ansprechen zu plump,
das Kennenlernen nicht vorsichtig genug,
wenn ich daran denke,
wie viele Jahre du daran gearbeitet hast,
um die Person zu werden, die du bist.
Wie du gelitten
und dich unzählige Male gefragt hast,
was zu tun und was zu lassen sei.

Aber du willst berührt werden.
Du willst, daß meine Augen dich abtasten.
Und von Worten, wie ich sie dir sagen werde,
hast du schon lange geträumt.

Ich will dich berühren,
ohne Rechte anzumelden.
Ich will dich ansprechen,
ohne dich zu bestimmen.
Ich will dich kennenlernen,
ohne dich festzulegen.

Ich will bei dir sein, ohne dich zu haben.

In diese Flachlandschaft,
deren großer Himmel
uns das Herz öffnet,
habe ich dir
eine Reihe leuchtender Birken gepflanzt,
damit du
den Weg zu mir findest.

Die letzte Birke,
die mit der vernarbten Borke,
bin ich.

Starksein

Es gab Momente, da war er so stark, daß sie erschrak. Er trat so fest auf, daß sie ihn kaum wiedererkannte. Er redete lauter, war sich sicherer, verletzte durch seine Worte und schien nichts zu merken von dem, was andere um ihn fühlten.

Erst später entdeckte sie, daß das seine schwachen Zeiten waren. In der Täuschung suchte er die Sicherheit, in der Übertreibung konnte er sich verstecken. „Wie leicht bin ich noch zu täuschen, wie wenig kenne ich die Wege des Mannes“, dachte sie.

Als er das nächste Mal in diese Art verfiel, erkannte sie es und wandte sich ihm zu mit der ganzen Kraft ihres Zuspruchs und sah, wie er seine Stärke ablegte und der wurde, der er wirklich war. Sie legte den Arm um ihn und sagte: „Es ist schön, dich verletzbar zu sehen. Das macht dich in meinen Augen stärker. Nur der Starke hat den Mut, seine Schwäche zu zeigen. Und wenn du so bist, dann fällt es mir leichter, die zu sein, die ich wirklich bin. Wenn wir verletzbar sind, sind wir echter.“

Er antwortete: „Ich ahne, daß die Liebe die einzige Kraft ist, die nicht Gewalt ausübt.“

Mit den Wochen und Monaten verlor ihre Liebe mehr und mehr den Druck und die stille Gewalt. Sie wurde reifer, forderte weniger und wurde dadurch reicher.

Vergebung und Liebe

„Vergibst du mir, daß ich so zu dir war?“ fragte sie ihn nach einer heftigen Auseinandersetzung.

„Weißt du nicht, daß ich dich liebe?“ fragte er zurück.

„Doch, ich weiß, daß du mich liebst, aber vergibst du mir?“

„Das ist doch ein und dasselbe! Als ich Kind war, ging es in unserer Familie immer um Schuld, Vergebung oder Strafe. Zwar wurde auch von Liebe geredet, aber sie war wenig zu spüren. So will ich mit dir nicht leben. Ich will nicht der Vergebende sein, der sich dir zuneigt und dich begnadigt. Das entwürdigt unsere Liebe. In der Liebe ist die Vergebung immer enthalten, ohne daß sie besonders erwähnt wird. Aber in der Vergebung ist nicht immer die Liebe enthalten. Vergebung geschieht oft aus Großmut, und das ist weniger als Liebe.“

„Aber wie weiß ich denn, daß alles zwischen uns gut ist?“

„Ich möchte versuchen, so mit dir zu leben, daß die Liebe in jedem Moment neu beginnt und daß die Liebenden auf einer Stufe stehen. Bei der Vergebung steht der eine höher als der andere. So will ich mit dir nicht leben. Ich will dich lieben!“

Sie spürten beide, daß, wenn sie sich vom anderen geliebt wußten, nichts sie letztlich trennen würde, auch nicht Streit und Ärger.

Die Liebe konzentriert sich

Es gab Tage, da spürte er an ihr eine tiefe Unruhe. Es war kein Ungehaltensein, keine Hastigkeit, kein Zerstreutsein. Es war Aufbruchstimmung. Sie schien sich zu erinnern, daß sie unterwegs war und ein Ziel erreichen wollte. Ihre Handlungen wurden knapper. Sparsam ging sie mit ihrer Energie um, als hielte sie sie in Reserve für Wichtigeres. Stunden und Minuten schienen ihr noch kostbarer als sonst zu sein. Keine Minute war zu verschwenden. Sie gebrauchte Worte wie „wesentlich“, „wertvoll“ und „wirklich“ und schien sich damit an etwas erinnern zu wollen. Sie war dann zwar noch bei ihrem Freund, schien aber auch angeschlossen an eine Quelle in einer anderen Wirklichkeit, die er nur ahnte. Ihr Warten füllte sich mehr und mehr, und jeden Moment konnte der Einbruch dieser anderen Wirklichkeit geschehen.

Er begriff, daß sie mehr sah als er, daß ihr Ziel schon klarer umrissen war als seines, und er war bereit, sich von ihr führen zu lassen. Er wünschte sich die Ganzheit, aus der sie zu leben schien.

Der alte Mann

Es war ein Tag voller Unsicherheiten gewesen, als ihn das Bild zum ersten Mal heimsuchte. Er sah einen alten Mann, der nicht gereift war. Er erschrak, weil er sich in dem Gesicht des alten Mannes wiedererkannte. Er wollte das Gesicht loswerden, versuchte sich einzureden, daß er diese Figur nicht war, aber es gelang ihm nicht.

Dann begriff er, daß das Bild ein Ausdruck seiner Angst war. Er hatte Angst, daß er so werden würde wie viele Alte, deren Leben immer enger, verbissener und unfreundlicher wurde. Er stellte sich vor, wie sich die Leere, die er manchmal spürte, ausbreitete wie eine Krankheit, bis sie ihn ganz verwüstet hatte.

Aber seine Angst gab ihm auch den Mut, sich gegen diese Zukunftsmöglichkeit zu wehren.

Er nahm seine ganze Kraft zusammen und sprach mit einer Festigkeit, die ihn selbst erstaunte: „Dich wird es nicht geben, nicht so leer, ausgehöhlt und unreif. Ich habe mich für das Reifen entschieden, und diese Entscheidung wird mir die Zusammenhänge des Lebens mehr und mehr erschließen. Nie werde ich die Liebe aufgeben, auch nicht in den tiefen Enttäuschungen. Ich werde mich nicht von der Verachtung und Zerstörung prägen lassen. Auch unter den schwierigsten Umständen will ich weiter an das Leben glauben. Das ist das Kostbarste, was ich besitze, und ich werde es mir von nichts und niemand nehmen lassen."

Und der alte, unreife Mann verblaßte.

Das Dunkel über dem See
ist zärtlich zu uns.
Ich finde meine Sehnsucht nach Heimat
in dir verdoppelt,
nicht weil du Fremde bist,
sondern gerade weil du Heimat bist.

Und doch spüre ich,
daß meine Hände,
deine Lippen,
unsere Bilder
uns nicht retten werden.

Immer wieder
wird das Fleisch reißen,
und wir werden uns
in die Wunde betten,
im Blute brennen,
aber nicht verzehrt werden.

Darauf müssen wir noch warten,
geliebte Helldunkle.
In der Liebe
verdunsten die Grenzen,
und das Blut leuchtet reiner.

Eine Weltformel

„*D*enkst du oft an Gott?“

„Ja.“

„Hat er etwas mit uns zu tun, mit unserer Liebe?“

„Ich spüre, daß die Liebesfähigkeit, die ich mir wünsche, zwar durch meine Entscheidung, wirklich lieben zu lernen, entsteht, aber im Hintergrund steht Gott, als der Schöpfer der Liebe.“

„Gott als Erfinder der Liebe?“

„Ja, wenn du so willst. Ich stelle mir manchmal vor, daß Gott bei der Entstehung des Universums überlegt hat, welches Prinzip er zur Erhaltung des Universums einsetzen sollte. Nachdem er alle möglichen Prinzipien durchprobiert hatte, vom Überleben des Stärksten bis hin zum Unauffälligkeitsprinzip, entschied er sich für die Liebe. In ihr gibt es Entwicklung und Erhaltung, Freiheit und freiwillige Bindung, Durchhaltevermögen und Selbstaufgabe. In der Liebe gibt es eine fast unendlich große Handlungsbreite, und doch bewahrt die Liebe den Liebenden vor dem Verströmen.“

„Aber was hat das mit den Planeten und Atomen des Universums zu tun?“

„Sehr viel! Liebe ist immer Begegnung. Zur Begegnung gehört auch der Abstand. Ohne Abstand, ohne Trennung, gibt es keine Annäherung. Die Planeten kreisen um ihre Sonnen in genau dem Abstand, der es ihnen ermöglicht, nicht fortzufliegen von ihrer Sonne, aber auch nicht in sie hineinzufallen und zu verglühen. Es ist ihre Art, beizutragen zur Erhaltung des Universums, ihre Art von Liebe. Man kann diese Seite der Liebe auch ‚Spannung' nennen."

„Ist das nicht sehr theoretisch und unpraktisch?"

„Für mich nicht. Ich versuche, auch in unserer Beziehung zu spüren, was der richtige Abstand ist, um unsere Liebe in einer Weise zu erhalten, daß wir in ihr aufblühen und wachsen können. Ich will nicht so weit weg von dir sein, daß es kalt zwischen uns wird. Aber ich will auch nicht in dir verglühen oder dich bedrängen mit meiner zu großen Nähe."

„Warum aber Gott?"

„Weil ich glaube, daß auch er die Begegnung mit uns sucht."

„Warum? Er hat doch alles, wie kann er etwas suchen?"

„Ich glaube, daß Gott die Liebe ist. Das Herz der Liebe ist Begegnung. Darum sucht Gott Begegnung mit uns. Es ist seine Natur."

„Glaubst du, daß Liebe die Welt tatsächlich verändert?"

„Hast du es nicht in deinem Leben gemerkt? Bist du nicht durch die Kraft der Liebe stärker verändert worden als durch irgendeine andere Kraft?"

„Ja, schon, aber ich meine auch die Welt um uns, die nicht direkt von unserer Liebe betroffen ist."

„Ich glaube, daß alles von unserer Liebe betroffen ist, wenn sie wirkliche Liebe ist. Wenn ich gleichgültig bin, geht etwas anderes von mir aus, als wenn ich der Welt liebend begegne. Wenn ich liebe, geht Lebensenergie von mir aus. Wenn sich ein einzelner verändert, verändert sich immer das Ganze."

Paarlaufen

Wir sind zwei Eisläufer, die ihre getrennten Figuren laufen; aber immer wieder, ein jeder vom Ende seines Eises kommend, laufen wir aufeinander zu, begegnen uns, berühren einander vorsichtig und führen dann den Zauber einer gemeinsamen Figur aus.

In jedem Moment sind wir allein, laufen auf dünnen Stahlkufen auf dieser glatten Oberfläche, immer in der Gefahr zu fallen. Jeder von uns läuft allein, und doch sind wir uns voll des andern bewußt. Wir zittern für uns selbst, aber auch für den andern. Es ist nicht zu sagen, ob wir allein sind oder zu zweit. Wir sind allein und sind es nicht. Unsere Übung heißt „Paarlaufen". Aber wir können es nur, wenn jeder auch als einzelner laufen kann.

Vielleicht wird die Zeit kommen,
wo dein Name
ein tödliches Gewicht haben wird.
Dein Blick
wird mich nicht mehr befreien,
und deine Andersartigkeit
wird schneiden und schmerzen.

Aber vielleicht
werde ich reif genug sein,
mich zu erinnern,
daß Leben aus dem Tod entsteht.

Ich stelle mir vor,
daß wir unzertrennlich sind.
Knochen zu Knochen.
Haut zu Haut.
Freiheit zu Freiheit.
Auge zu Herz,
Herz zu Hand.

Und im Glauben daran
wird es wahr,
immer für den Augenblick
des Glaubens.
Darin liegt die Unzerstörbarkeit
unserer Liebe.

Schüler – Lehrer und Schüler

„Manchmal stört es mich, daß du so viel über die Liebe weißt", sagte er ihr. „Du wirst unwirklich. Ich finde dich nicht mehr. Du wirst dann zu sehr zu Worten, auch wenn ich von dir lerne und dich dafür liebe."

„Ich habe gehofft, daß du diesen Punkt erreichen würdest. Ich habe auch von dir gelernt, auch wenn du es vielleicht nicht so gemerkt hast. Ich will auch weiter von dir lernen, aber manches werde ich erst lernen können, wenn du entdeckst, welche Reichtümer noch in dir stecken. Ich habe dich nötig, aber manchmal scheinst du es nicht wirklich zu glauben.

Ich weiß jedoch nicht genau, wo du mich führen kannst. Ich werde es erst wissen, wenn du mich führst. Wenn ich es jetzt schon wüßte, könnte ich mich ja selbst führen.

Indem ich zu mir stehe und meinen Weg gehe, hoffe ich, dich herauszufordern, stärker zu werden und deinen Weg zu gehen. Darin liegen ungeahnte Möglichkeiten. Das ist unser Reichtum."

Er antwortete: „Kann man denn gleichzeitig Schüler und Lehrer sein?"

Schnell fragte sie zurück: „Kann man das eine ohne das andere sein?"

Von da an wuchs in ihm sein Eigenes noch stärker. Er spürte sein Reifen, unabhängig von dem, was er von ihr lernte. Lachend und weinend forderten sie einander heraus durch Fragen und Gesten, durch Geschichten und Rätsel. Und je fester jeder von ihnen wurde, desto besser vertrugen sie es, mal nur Schüler zu sein und geführt zu werden. Im nächsten Moment konnte es wieder andersherum sein. Dabei merkten sie, daß sie eigentlich das gleiche lernten. Nur die Art, etwas zu lernen, war unterschiedlich. Was der eine wußte, aber noch nicht wirklich leben konnte, lernte er im Mitteilen und Durcharbeiten mit dem anderen. So lernte der Lehrer, und der Schüler lehrte. Ihr Weg führte immer wieder vom Gedanken zur Tat und von dort zur Reflexion über die Tat. So waren sie einander behilflich im Denken und Leben.

In der Fremde

Sie mußte verreisen. Zum gegenseitigen Schutz machten sie den Abschied kurz. Beiden würde das Getrenntsein nicht leichtfallen, und doch wollten beide sich diesem Erlebnis aussetzen. Es war Zeit, zu spüren, was in ihnen beiden gewachsen war.

Er stellte sie sich in einer unbekannten Stadt unter Fremden vor. Er sah sie dort gehen, an ihn denken und Sehnsucht nach ihm haben. Ob es so war? Das Fremde schürt die Liebe. Die Ungewißheit macht die Geborgenheit in der Liebe deutlich. Der Abstand beflügelte seine Vorstellungen. Er vermutete, daß es ihr ähnlich ging. In seinen Gedanken trieb er zu ihr hin und vernachlässigte alles andere. Er nahm die Welt um sich nicht mehr wirklich wahr. Auch er verreiste, aber innerlich.

Als er es merkte, nahm er seine Vermutung zurück und ließ seine Freundin in der Fremde, in ihrer Fremde, ließ sie erleben, was es dort zu erleben gab. Dadurch wurde er frei, da wirklich zu leben, wo er war. So wurde auch seine Zeit zu einer erfüllten Zeit. Er entdeckte Neues in sich selbst, und als sie wiederkam, hatten beide viel zu erzählen. Beide waren in der Fremde gewesen. Beide waren reicher geworden, auch wenn sie nicht miteinander gewesen waren.

Sich selbst lieben

„Schlage deine Arme um dich selbst, Lieber, und drücke dich mit all der Liebe, die du für mich spürst."

Er tat es.

„Ist es, wie wenn ich meine Arme um dich schlage?" fragte sie.

„O nein! Nur du kannst mich so lieben und herzen wie du. Nichts und niemand liebt mich wie du. In deiner Umarmung beginne ich zu schmelzen. Du rührst in mir Unbekanntes an. In deiner Liebe zu mir entdecke ich mich neu. Deine Liebe macht mich glücklich."

So sprach er, und seine Augen leuchteten.

Sie antwortete: „Aber so wie ich dich liebe, soll dich noch jemand lieben!"

„Das kann es nicht geben. Ich kann es mir nicht vorstellen."

„Doch!"

„Aber wer?"

„Du! Durch die Erfahrung unserer Liebe kannst du lernen, dich selbst so tief zu lieben, wie ich dich liebe. Durch deine Liebe zu dir selbst wirst du dich entdecken: deine Vielfalt, deinen Reichtum, deine Leidensfähigkeit – ja, auch die –, deine Berufung, deine Freiheit. Du wirst deine Schönheit sehen, so wie ich sie jetzt sehe, die Schönheit deiner Seele und deines Herzens, und du wirst erstaunt sein über dich und froh sein, dir immer neu zu begegnen."

„Aber werde ich dich dann noch so lieben, wie ich dich jetzt liebe? Oder wird meine Liebe zu mir selbst die Liebe zu dir verdrängen, weil ich dich nicht mehr so brauche, wie ich dich jetzt brauche?"

„Die Liebe zu dir selbst und die Liebe zu mir sind nicht zu trennen. Ich glaube, daß es nur eine Liebe gibt. Nur so, wie du dich selbst liebst, kannst du mich lieben. Es ist die Liebe, die du zu dir selbst hast, die zu anderen fließt. Sie fließt nur in dem Maße zu anderen, wie du sie zuerst für dich hast. Sei gut zu dir, Geliebter, und du wirst gar nicht anders können, als gut zu mir zu sein."

Und wieder ahnte er eine Welt, die auf ihn wartete, um ihn reich zu machen, und Sehnsucht stieg in ihm auf wie eine mächtige Welle.

Was ich nicht in mir finde, suche ich meistens vergebens bei dir. Wenn ich es dann bei dir finde, ist es oft eine Illusion, weil ich es unbedingt finden will. Aber die Illusion hilft mir, es dann doch bei mir zu finden.

Eine Liebe ohne die Fähigkeit, nein zu sagen, hat im Laufe der Zeit ein immer schwächeres Ja.

Ich darf dir immer nur begrenzte Rechte über meine Seele einräumen. Alles darüber hinaus ist Flucht vor mir selbst.

Vorzugeben, nichts in einer Beziehung zu erleben, ist manchmal nur die Ausflucht, das Erlebte nicht wahrhaben zu wollen.

Du mußt mir nicht alles sagen wollen. Behalte in dir noch einen Bereich, den nur du betreten darfst. Für dieses Geheimnis werde ich dich lieben.

Ein Traum

Er träumte von ihr, aber sie trug sein Gesicht. Er sah sie an und sah in seine eigenen Augen. Er erschrak, aber er sah in seinen Augen, daß er nicht zu erschrecken brauchte. Er war so und sollte so sein. Sie trug sein Gesicht.

Als er aufwachte, wußte er nicht, was passiert war. Wem war er im Traum begegnet? Er wußte, daß sie, seine Geliebte, es gewesen war, und doch hatte er sich selbst gesehen.

Er erzählte ihr den Traum nicht, aber seitdem sah er sie mit anderen Augen an. Er entdeckte sich immer wieder in ihr. Aber nie war sie nur er, sie war auch immer sie selbst. Sie war eine eigene Person, und er liebte sie wie sich selbst.

Liebe wie ein Strom

Ihre Liebe wuchs von Monat zu Monat. Manchmal war sie wie ein Fluß, wie ein großer Strom, der durch ihre Seelen floß, tief und gewiß. Dann brauchten sie keine Beweise der Liebe. Dann glaubten und vertrauten sie. Sie wußten. Sie ruhten in diesem Strom, ließen sich von ihm tragen und ahnten das Meer, auf das er zufloß.

Aber es war nicht immer so. Es gab auch Tage der Unsicherheit und des Mißtrauens. Dann brauchten sie Beweise und Ausdrücke der Liebe. Dann erinnerten sie sich selbst und einander an ihre Liebesfähigkeit und an ihre Entscheidung, zu lieben gegen alle Widerstände. Sie erlaubten sich die Schwäche des Zweifels. Sie verdrängten ihre Gefühle nicht, sondern gaben sie zu und besprachen sie. Sie entdeckten, daß ihre Schwächen sie zueinander führen konnten, wenn sie sie zugaben.

So wuchs aus Freude und Not ihre Sehnsucht nach diesem Strom weiter, und ihre Fähigkeit, ihn zu erleben und sich von ihm tragen zu lassen, wuchs mit ihrer Sehnsucht.

Ich mache es mir wohnlich
in einem Wort.
Den ersten Buchstaben
öffne ich wie eine Tür.
Den zweiten begehe ich
wie eine geschwungene Treppe.
Im dritten lege ich die Füße hoch.
Aus dem vierten,
dem gläsernen,
sehe ich hinaus
und erlaube meinen Gedanken
das Risiko ihrer Freiheit.
Und im fünften zelebriere ich
den immer wieder nötigen Aufbruch.

Das sind die fünf Buchstaben,
die das Wort ergeben,
in dem ich wohne
mit dir.

Ich bin eine Erinnerung

Von irgendwo unterwegs schrieb sie ihm einen Brief. Sie war erfüllt mit der Fremde, mit dem Neuen, aber sie hatte auch immer noch Zeit, über ihre Beziehung nachzudenken.

Sie schrieb: „Sieh in mir nicht nur die eine Frau, der du begegnet bist. Zwar bin ich die Frau, aber gleichzeitig bin ich auch alle Frauen, die Frau schlechthin, das Weibliche. Ich bin aus Fleisch und Blut, aber ich bin auch mehr. Ich komme als Erinnerung an die Zeit, als du es dir noch leisten konntest, auch weiblich zu sein. Ich komme als Vision, wie es sein könnte, und als Ermutigung für das, was in dir begonnen hat. Und wenn es dir manchmal scheint, als würde ich dich nicht direkt anreden, sondern in dir alle Männer oder das Männliche ansprechen, so sei nicht böse und höre darin nur meine Sehnsucht, die Beziehungen zwischen Männern und Frauen zu verbessern.

Wenn ich lehre, dann lehre ich liebend. Wenn ich liebe, dann tue ich es unter dem Zeichen des Wachsens und Reifens. Und wenn ich wachse und reife, dann zu dir hin.

Ich freue mich auf dich, aber ich kann auch warten, dir wieder zu begegnen. Ich bin froh, deine Freundin zu sein."

Die leeren Tage

Schon seit seiner Jugend hatte er manchmal versucht, das Glück herbeizuzwingen. Auf seiner Suche nach einem sinnvollen Leben hatte er sich angestrengt bis hin zur Verkrampfung, hatte sich keine Leichtigkeit erlaubt und mitunter das Spielerische vergessen.

Ab und zu sah er diesen Zug jetzt an ihr. Sie war dann ganz Intensität und Entschiedenheit. Sogar ein herzhaftes Lachen konnte ihr dann zuviel sein. Weil er wußte, daß sich das Leben aus dem Zusammenkommen von Tausenden von Einzelheiten entfaltet, hatte er gelernt, manches einfach geschehen zu lassen. Er hatte zuviel zerstört durch seine Zwanghaftigkeit und seinen Glauben, daß alles nur an ihm selbst hinge.

Er schlug darum etwas vor, was sie bald die „leeren Tage" nannten. Alle paar Wochen nahmen sie sich nichts für ein ganzes Wochenende vor. Überhaupt nichts. Sie planten nichts. Sie leiteten nichts in die Wege. Sie ließen die Tage einfach „geschehen". Von Tagesanbruch an versuchten sie, von Minute zu Minute zu leben, das wahrzunehmen, was gerade geschah, es aufzunehmen, es ganz neu zu sehen, sich von dem Leben ansprechen zu lassen. Dabei war das Äußere, das Sichtbare und Faßbare, genauso wichtig wie das Innere, das nicht Greifbare. Das Gießen der Blumen war gleichwertig mit dem Gespräch, in dem sie in Tiefen vordrangen, die sie nur geahnt hatten.

Manchmal war es schwer, diesen Zustand durchzuhalten, und es schien ihnen wie ein Widerspruch, daß sie sich darauf konzentrieren mußten, sich nicht zu konzentrieren. Aber was sie dabei erlebten, war es allemal wert. Und wenn einer von ihnen beiden Gefahr lief, aus dem Zustand herauszufallen, und wieder meinte, sich selbst oder die Welt retten zu müssen, konnte es passieren, daß der andere liebevoll eine Hand über den Mund des Sprechers legte und das vorher vereinbarte Zeichen für die Ruhe gab.

So war es ihnen gelungen, diese Wochenenden tief auszuschöpfen. Sie stießen dann nicht auf Gedanken, sondern es schien ihnen, als kämen die Gedanken zu ihnen. Ohne Ziel und Zweck bummelten sie durch die Stadt und spürten zum erstenmal, was die Stadt für die verschiedenen Menschen bedeutete, nur weil sie nicht von Ort zu Ort hasteten. Ihre Einstellung zur Zeit veränderte sich. Sie lief ihnen nicht mehr davon und schleppte sich auch nicht nur dahin. Sie war gefüllt mit einer unendlichen Zahl von Kleinigkeiten, die alle ihre Bedeutung hatten. Manchmal hatten sie dann Einblicke, die sie „das Leuchten" nannten. Es waren Momente, in denen sie die Querverbindungen zwischen Dingen, Menschen und Geschehnissen in einer neuen Tiefe begriffen. Sie sahen dann, daß die Zeit „richtig" war und ein Ereignis nicht eher passieren konnte, als es passierte.

Sie ließen gewähren, und es geschah. Sie warteten, und das Leben füllte sich.

Worte finden

Sie umarmte ihn und legte in die Umarmung alles hinein, was sie nicht sagen konnte. Manchmal schien es ihr, als beginne der wirkliche Ausdruck ihres Inneren erst jenseits der Worte. Die Worte waren so eng, so unbeholfen und begrenzend. Schon wenn sie sie sagte, wußte sie, daß sie nicht stimmten, nicht ganz stimmten. Es waren Worte, die im täglichen Gebrauch so abgenutzt waren, daß sie billig schienen. Aber es gab keine anderen. Selbst die großen Worte, die ihr wie Heiligtümer erschienen, waren kitschig geworden. Wie konnte man das Wort „Liebe“ noch gebrauchen, ohne an all den Mißbrauch zu denken und das Wort dann nicht mehr zu verwenden?

Und doch wurde sie nicht müde, nach Worten zu suchen, die ihr Innerstes sichtbar machen könnten. Sie spürte eine tiefe Dankbarkeit, daß er es auch immer wieder versuchte, daß er nicht die Worte durch Zärtlichkeit ersetzte. Das hätte sie nicht ertragten. Dieses Streicheln, um nicht zu denken, dieses Küssen aus Flucht. Sie hätte es nicht bei ihm ausgehalten. So fanden sie beide immer wieder Kombinationen von Worten, die Türen aufstießen, die ihnen Ausblicke in neue Landschaften auftaten.

Wenn du mich meinst

Er sagte zu ihr: „Mit dir möchte ich um die ganze Erde reisen, die höchsten Berge besteigen, Wüsten durchwandern, Meere überqueren, Leben entdecken. Mit dir!"

„Wenn du mir in die Augen siehst und mich siehst, wirklich mich ansiehst und mich meinst, wirst du das alles getan haben", antwortete sie.

Als er am Abend noch einmal über seine und ihre Worte nachdachte, gab er es bald auf, alles noch einmal in Worte zu fassen. Es gab keine Worte für das Erlebte, und er war froh darüber.

Wie
Fähren
sind unsere Worte,
verbinden dein und mein Land.
Wir befrachten sie mit unseren inneren Welten
und hoffen auf das stille Verständnis,
auf die Umarmung der Buchstaben,
in die wir unser ganzes Herz
ängstlich gelegt
haben.

Über
dem Kielwasser
schreien Möwen krächzend
ihre Worte, wie eine Erinnerung,
daß wir vieles noch nicht verstehen
und vorsichtig mit dem Unverständlichen umgehen.

Flieg, flieg

„Flieg, o flieg, Geliebter“, rief sie. „Flieg, bette dich in die Luft, laß dich tragen. Ahne die Flügel, die unsichtbaren, die an deinen Armen wachsen. Sieh den leuchtenden Glanz ihrer zeitlosen Federn. Hörst du die Musik, die dich ruft, hörst du ihr Locken? Spürst du den Rhythmus, in dem die Welt atmet und sich ausdehnt und dich einlädt, weitherziger zu werden?“

Wenn sie so war, schien sie wie vom Fieber ergriffen. Dann sah sie Dinge, die er nicht kannte. Sie sprach in die Luft und hörte Antworten. Dann war sie die mysteriöse andere Hälfte der Welt; die Weise mit dem Blick in die Tiefe; die Frau mit ihrem einladenden Zauber. Dann ahnte er ihre andere Wirklichkeit, und eine tiefe Ehrfurcht überfiel ihn. Er staunte über das Leben neben sich, das er nie so leben würde. Er spürte ihre Heiligkeit, die eigenwillige Form ihrer Seele, ihre unauswechselbare Erinnerung, die starke Zielstrebigkeit ihrer Vision. Das gab ihm den Mut, sich an seine Einzigartigkeit zu erinnern und seinem inneren Ruf nachzugehen. Still sprach er in sich hinein: „Der Boden, auf dem ich stehe, ist doppelt heilig, ihretwegen und meinetwegen.“

Lachen

Sie konnten auch ausgelassen und übermütig sein. Beide merkten, wie nötig es war, sich zu befreien von zu vielem Denken, von der Konzentration auf Verantwortlichkeit und Wachstum. Sie begriffen, daß zum Erwachsensein auch das Spielerische gehört. Wer nicht lachen kann, kann auch nicht wirklich ernst sein.

So zogen sie durch die Parks der Stadt, spielten Versteck hinter großen Bäumen, schrieben Zettelchen, die sie parkenden Autos hinter die Scheibenwischer steckten, ahmten die Tiere im Zoo nach und lachten so laut in einem Chaplin-Film, daß man sie ermahnte. Sie sprachen Fremde auf der Straße an und wünschten ihnen etwas Lustiges oder Schönes für den Tag. Sie machten Straßentheater zu zweit und ermunterten Menschen in öffentlichen Verkehrsmitteln, miteinander zu reden, indem sie es selbst mit Fremden taten. Sie sprachen in der „Fremdsprache" ihrer Kindheit, indem sie in jedes Wort möglichst viele „L" einbauten. Sie machten Wortspiele und schrieben einander Liebesbriefe in Spiegelschrift. Sie konnten wichtige Termine verfallen lassen und abkömmlich sein. Sie gelangten wieder in den Besitz ihres Lebens, indem sie lachten.

Der Ernst ihrer Liebe hatte sie leicht gemacht. Sie durften Kinder sein.

Die notwendige Einsamkeit

An manchen Tagen wollte sie allein sein. Da wurde er auf sich selbst zurückgeworfen. Er spürte Ablehnung. Erst verstand er das an ihr nicht. Er wünschte sie zu sehen, alles mit ihr zu teilen. Er machte es ihr schwer, bei ihrem Wunsch zu bleiben. Er erinnerte sich, daß sie ihm gesagt hatte, sie werde ihm Schmerzen machen, wenn sie sich treu bliebe. So ließ er ihr ihren Wunsch, auch wenn es schmerzte.

Erst kam er sich leer und unausgefüllt vor. Er wartete auf ihre Rückkehr aus der Einsamkeit. Erst dann würde sein Leben so weitergehen, wie er es sich wünschte. Aber schon bald kam er sich in seinem Warten eigenartig vor und begann diese Tage auszufüllen. Er begriff den unterschiedlichen Rhythmus dieser Tage und lernte sie schätzen. So füllten sich die Tage mehr und mehr mit dem, was für ihn wichtig war. Er entdeckte den Reiz, etwas allein zu erleben, solange er nicht daran dachte, es unbedingt mit ihr erleben zu wollen. Er legte Schätze an, die er mit ihr, bei ihrer Rückkehr teilen würde.

Als sie später einmal darüber sprachen, trafen ihre Worte bei ihm auf keinen Widerstand: „Die Seele, die ihre Einsamkeit verliert, wird flach und stumpf, weil sie keinen Ort hat, wo sie sich erneuern kann. Sie wird vordergründig, sieht nur noch, was vor Augen ist, und nicht mehr die Zusammenhänge im Hintergrund.“

Dann gab sie sich innerlich einen Ruck, als fiele ihr schwer, was sie sagen wollte: „Geliebter, du bist mir nicht genug und wirst mir nie genug sein, auch wenn ich es manchmal für einen Augenblick meine. Aber bitte verstehe, daß es nicht gegen dich gerichtet ist. Oh, ich bin sehr glücklich mit dir, und doch gibt es noch eine Sehnsucht in mir, die mich weitertreibt, die mich unterwegs hält. Ich will sie auch nicht verlieren, indem ich mich irgendwo zur Ruhe setze und mich mit zu wenig zufriedengebe. Es ist, als ob meine Seele eine Form hat, die nur durch Gott gefüllt werden kann. Und noch darüber hinaus: die nichts sehnlicher wünscht, als selbst ein Gegenüber für Gott zu sein."

Er nahm ihre Worte als Ausdruck ihres Innersten an und fühlte sich beschenkt durch ihr tiefes Vertrauen, ihn so in ihre Sehnsucht einzulassen. Er wußte nicht, ob er sie wirklich verstand, aber er ahnte, was sie meinte, weil auch er seine eigene Sehnsucht nach Erfüllung kannte.

Die innere Schönheit

„Du bist schön“, sagte er zu ihr und meinte damit etwas Inneres. Sie wehrte ab, und auch als sie in den Spiegel sah, konnte sie nicht sehen, was er sah. Aber sie glaubte ihm, daß er sie schön fand. Ihm aber war das nicht genug.

„Beschreibe mir das Schönste, was du kennst“, bat er sie, „aber du mußt die innere, die unsichtbare Schönheit beschreiben.“

Sie begann. Ab und zu unterbrach er sie mit den Worten: „Die innere Schönheit, nur die innere Schönheit“, und sie nahm einige Worte zurück oder setzte sie anders und fuhr dann fort. Es dauerte eine geraume Zeit, bis sie zum Herzen einer Beschreibung kam. Sie suchte immer mehr nach Worten und fand sie immer weniger. Jede Beschreibung schien ihr noch eine Beschreibung des Äußeren zu sein, und so schloß sie mit den Worten: „Die innere Schönheit ist nicht zu beschreiben. Ich sehe sie vor meinem inneren Auge. Sie ist nur. Sie ist.“

Er war glücklich über ihre Entdeckung und darüber, daß sie durchgehalten hatte bis zu dieser letzten Erkenntnis, und sagte zu ihr: „Die innere Schönheit können nur die sehen, die sie in sich tragen.“

Die rotblauen Pflaumen

*E*s war Sommer, und sie gingen an einem Obstgarten vorbei. Da sah er einen Baum fast ohne Früchte. Ein dichter Wald grüner Blätter umgab die wenigen rotblauen Pflaumen, während der Baum nebenan fast rotblau aussah in seiner Überfülle an Früchten.

„Wie ist das möglich?" dachte er laut.

„Wir hatten einen Garten zu Hause, und meine Mutter beschnitt jedes Jahr die Obstbäume. Ich habe ihr oft zugesehen." Dann zeigte sie auf gewisse Äste und sagte: „Der, der und der hätten schon längst weggeschnitten werden müssen. Der Baum verbraucht seine ganze Energie, um größer und voller zu werden, und es bleibt ihm keine Kraft mehr, um Früchte zu fördern und zur Reife zu bringen. Der Baum hat zu viel gewollt und darum zu wenig geschafft."

„Aber weiß ein Baum das nicht? Trägt er in sich nicht das Wissen, wie er wachsen soll?"

„Doch. Aber er trägt zwei Botschaften in sich, und diese stehen manchmal im Konflikt miteinander. Einerseits will er Größe und Gestalt, andererseits will er Frucht und Reife. Zunächst ist nur eines möglich, und eines geschieht immer auf Kosten des anderen. Über viele Jahre hin ist auch beides möglich, aber das erfordert viel Geduld."

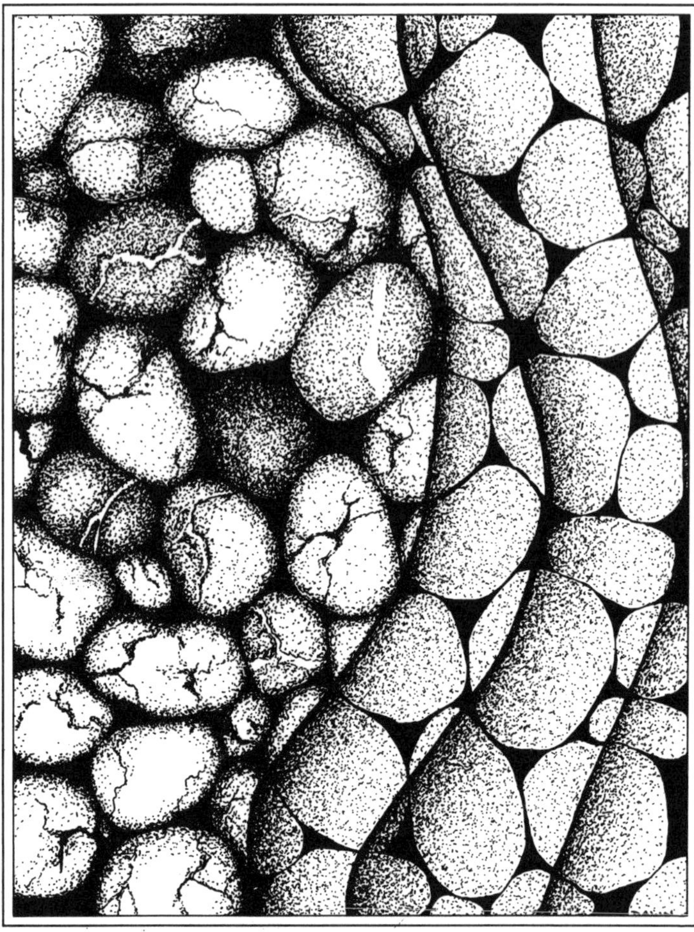

Sammle mir Kiesel am Fluß

„Sammle mir Kiesel am Fluß“, bat sie ihn.

„Wie viele soll ich dir sammeln?“ fragte er.

„So viele verschiedene Kiesel, wie du finden kannst.“

So ging er zum Fluß und sah sich um. Er fand blaue mit weißen Adern und weiße mit grünen Adern. Er fand welche, die rotbraun aussahen, aber nur, solange sie naß waren. Es gab spitze, lange, fast kreisrunde und ganz dünn geschliffene. Zwischendurch ließ er einige auf dem Wasser über den Fluß springen. Die flachen, glatten sprangen so oft, als wollten sie überhaupt nicht untergehen. Es gab Kiesel, aus denen einer ein Stück herausgebissen zu haben schien. Manche sahen aus wie riesige Berge in fernen Gebirgen, wenn man sie ganz nah vors Auge nahm. Einen ganz schwarzen, ohne auch nur eine helle Stelle, steckte er sich gleich in die Tasche. Die anderen legte er zu kleinen Häufchen an verschiedene Stellen des Flußufers. Er vergaß die Zeit ganz, und erst, als es zu regnen begann und er fror, sah er auf die Uhr und stellte fest, daß er viel länger geblieben war, als er vorgehabt hatte.

Stürmisch und begeistert kam er mit seinen Schätzen zurück. Er sprudelte von seinen Entdeckungen, von der unendlichen Fülle. Er sagte: „Am liebsten hätte ich dir noch viel mehr mitgebracht. Aber jetzt will ich dir zeigen, was ich habe.“

„Nein, mein Freund. Suche aus all denen, die du mitgebracht hast, nur einen heraus und gib mir den.“

„Ich weiß nicht, wo ich anfangen soll. Der blaue mit der weißen Ader, den ich dreimal ausgetauscht habe, weil ich einen neuen fand mit einer noch interessanteren Ader, oder der, der so aussieht wie eine Hand mit nur drei Fingern, oder mein schwarzer hier in meiner Tasche, oder der, der einen wie ein Auge ansieht – welcher soll es sein? Ich kann nicht wählen. Ein jeder ist anders und hat seine eigene Schönheit."

Sie aber wünschte sich weiter nur einen Stein. Er bat sich den Abend als Bedenkzeit aus. Sie ließ ihn allein, und am Ende des Abends brachte er ihr einen Stein, aber mit vielen Erklärungen, welche anderen Steine er darum nicht habe wählen können.

Sie sagte: „Ich weiß, ich weiß. Mir ist es nicht anders gegangen, als ich dies einmal tun mußte. Aber weil ich dabei zweierlei gelernt habe, was mich nun schon Jahre begleitet hat, habe ich dich gebeten, dies heute zu tun.

Jeder Stein, jedes Ding, jeder Mensch, jeder Gedanke, jede Stimmung, jeder Glaube ist unvergleichbar. Es ist nicht recht, das eine schlecht zu machen, nur weil es nicht so ist wie das andere. Darum bat ich dich, nur einen Stein zu wählen. Und du hast gemerkt, wie jeder Stein als einzelner Stein bedacht werden muß. Ein guter Juwelier zeigt seine Kostbarkeiten immer nur einzeln, nie mehrere gleichzeitig. Mit diesen Steinen ist es nicht anders. Jeder Stein will einzeln gesehen werden. Das war das erste, was ich lernte.

Als zweites lernte ich, daß jeder Stein stellvertretend für alle anderen Steine steht. Er ist wie ein Gesandter der anderen Steine, und wenn wir ihn lieben, lieben wir alle Steine. Du, mein Geliebter, bist der Mensch, in dem ich allen anderen Menschen begegne. Durch dich kommen die anderen in mein Leben. In dir liebe ich alle Menschen, und durch dich

lasse ich mich von allen Menschen lieben. Und wenn ich dich lieblos verlasse, verlasse ich alle lieblos. Und wenn du mich abtust wie jemanden, der dir über ist, dann tust du damit alle Menschen ab. Wenn ich dich tief genug liebe und kennenlerne (und wer kann beides trennen), dann lerne ich alle Menschen kennen. Du bist die Tür zur Welt für mich, wenn ich dir begegne."

Später fragte er sie: „Wer war es, der dich damals bat, nur einen Stein auszuwählen?"

„Ein Mensch, der mich sehr liebte!" antwortete sie, als hätte sie seine Frage schon geahnt.

Ihre Antwort schmerzte ihn. Er konnte sich nicht zurückhalten und fragte: „Liebtet ihr euch, wie wir uns lieben?"

Sanft legte sie ihren Arm um ihn, als müßte sie ihn schützen; aber fest, als müßte sie ihn mit ihrer Stimme herausfordern, antwortete sie: „Denk an die Sprache der Kiesel!" Und in der Hand hielt sie den einen Stein, den er ihr geschenkt hatte.

Manchmal trauere ich dem Verlust des Altbekannten nach,
wie wir eins waren in der Fülle des Gefühls,
aber im selben Augenblick
erwandere ich mir auch fremde Landschaften,
beziehe neue Gedanken
und will nicht zurück.

Das Ei, das Lebensraum war, ist zerbrochen,
die Welt ist größer geworden.

Wohl sage ich noch „Ach du" wie früher,
aber es ist anders gefüllt.
Ich falle nicht mehr so auf dich zu,
sondern bleibe dir gegenüber,
ein eigener Mensch.

Gott, sichtbar

„*W*ir haben doch letztens über Gott gesprochen und was er mit unserer Liebe zu tun hat. Ich habe gestern aufgeschrieben, was ich dazu denke. Wenn ich meine Gedanken aufschreibe, kann ich weiter denken, als wenn sie nur durch meinen Kopf ziehen."

Damit gab sie ihm einen Zettel, auf dem stand: „Wenn wir einander lieben, wird Gott sichtbar in der Welt. Wir sind sein Gesicht. Wir spiegeln nicht nur Gottes Liebe zu uns wider. Unsere Liebesfähigkeit ist auch nicht nur etwas von Gott Gelerntes. In unserer Liebe entsteht Gott für die Welt. Wir holen Gott aus der Verbannung, in die wir ihn geschickt haben, indem wir nicht geliebt haben. Wir sind sein Körper, ohne den er nicht gegenwärtig ist.

Viele Menschen finden Gott nicht, weil sie ihn nicht zwischen den Menschen glauben, sondern immer nur weit weg. Sie sehen ihn als den, der sich nur aus Gnade um uns kümmert. Dabei halten wir Gottes Schicksal in den Händen. Er hat es uns anvertraut, weil er nicht mehr der allmächtige, alles zurechtrückende Gott sein wollte. Er will das sein, was zwischen uns fließt: der Geist, der uns verbindet; der Gedanke, der Frieden schließt; die Zuneigung, die das Gefängnis des anderen öffnet; die Hand, die das Brot teilt; der Blick, der heilt. Er will ausbrechen aus der Ferne, in die wir ihn mit unseren Lehrsätzen geschickt haben. Er will unter uns sein, weil er unter uns ist."

Mit dem Wesen verstehen

Er überraschte sie plötzlich, so wie sie es manchmal mit ihm machte, und rief ihr zu: „Komm, lebe mit mir."

„Ich weiß nicht, was du meinst", erwiderte sie.

„Du scheinst manchmal über dem Denken das Leben zu vergessen. Es spielt sich alles in deinen Gedanken ab. Ich möchte dich einladen zum Leben, zum Feiern, zum Erleben, ohne es gleich zu durchdenken."

„Das möchte ich gern, aber es fällt mir so schwer, weil ich merke, wie viel noch durchdacht werden muß. So viel ist noch unklar und dunkel."

„Aber vielleicht wird manches erhellt, wenn wir leben und es mit unseren Sinnen, mit unserem Körper verstehen. Es muß nicht alles durch den Kopf gehen, um verstanden zu werden. Unser Wesen versteht auch. Unsere Seele lebt ohne Worte. Sie versteht in Bildern."

Noch an dem Tag gingen sie in eine Ausstellung mit Aquarellen, und er bat sie, die Bilder nur auf sich wirken zu lassen, sie nicht verstehen zu wollen. Auf dem Nachhauseweg war sie glücklich und erzählte ihm, daß sie mehr als sonst bei einer Ausstellung gespürt hätte. Die Bilder hätten ohne Worte zu ihr gesprochen. Die Landschaften auf den Bildern „hätten gesungen", sagte sie mehrmals.

Werden wir die Nacht überstehen,
ihre Kälte und Undurchdringlichkeit?
Werden wir die Bilder bunt halten können,
wenn alles Leuchten verschwindet?

Meine Hand liegt auf dem Kissen,
das noch eingedrückt ist
von deinem Kopf.
So wird es immer bleiben:
Wir werden sterben,
still und in das Geheimnis hinein,
und nur unsere Liebe
wird ihr Gesicht behalten.

Deine Worte sind Fliegendes!
Deine Haare sind Wind!
Deine Farbe hat Finger!
In mir wirst du immer sein!
Das wollte ich dir noch schnell sagen,
gegen alle Vergänglichkeit
und gegen die Nacht,
die uns erdrückend zudeckt,
wenn wir die Hoffnung verlieren.

Die Entscheidung

„Werden wir immer zusammenbleiben? Oder wird uns die Liebe so verlassen, daß wir nicht weiter miteinander sein können?“ So fragte er sie, und sie spürte seine Unsicherheit und Angst.

„Ich glaube, daß es ganz an uns liegt! An uns beiden. Solange wir wirklich arbeiten wollen an unserer Beziehung, an unserer Liebe, solange wird es uns möglich sein, zusammenzubleiben und weiterzukommen. Sobald wir glauben, daß alles einfacher sein sollte und wir nach einem Weg aus unserer Beziehung schielen, wird es schwerer werden, und wir werden stärker und stärker leiden. Oder wenn einer von uns nicht mehr weiterarbeiten will und stehen bleibt oder gar zurück will in die Vergangenheit, in die schönen alten Zeiten der ersten Liebe, dann stirbt nicht nur unsere Liebe, sondern auch unsere Fähigkeit, uns zu erneuern und gehbare Wege für unser Miteinander zu finden. Wir entscheiden es!“

„Glaubst du, daß es wirklich nur an unserer Entscheidung liegt?“

„Ich glaube, daß wir uns mit unserer Entscheidung, auch durch die Tiefen unserer Beziehung zu gehen, verändern. Wenn wir uns die Hintertür aus unserer Beziehung verbieten, wird unsere ganze Energie für den Weg nach vorn, in neue Ebenen der Gemeinschaft, frei.“

Erfüllung

Es war ein Zufall. Gibt es einen Zufall? Er sah sie im Regen spazierengehen. Sie ging langsam und ohne Ziel. Er erkannte sie nicht sofort, dann aber an ihrem Gang. Er blieb still unter seinem Regenschirm auf der Anhöhe und folgte ihr mit seinem Blick, bis sie im Park verschwand.

Der Regen schuf ihm die innere Wirklichkeit, in der er ganz bei sich bleiben konnte. Die Welt um ihn forderte nichts. Der Regen hatte alle Wünsche aufgehoben. Das Leben war nach innen gezogen.

Ihn erschütterte die Tiefe ihrer Beziehung. Ihm wurde neu deutlich, was sie gewagt hatten, sich so tief aufeinander einzulassen. Sie hatten sich beide aufgetan, hatten fast nichts zurückgehalten und waren doch getrennte, eigenständige Menschen geblieben. Er war glücklich, aber es war nicht das überschwengliche Glück der großen Liebe – gab es das länger als nur für eine kurze Zeit? –, sondern das Empfinden des Erfülltseins. Das Leben bedeutete ihm etwas. Beschreiben konnte er das nicht. Das wäre zu gedanklich, zu trocken und abgeklärt gewesen. Das Leben hatte Sinn für ihn, das wußte er, und mehr brauchte er im Augenblick nicht zu wissen.

Angezogen vom Ziel

Als sie wieder durch den Park mit den großen Bäumen gingen, rief sie ihm plötzlich zu: „Werde wieder ein Baum, aber wachse heute anders als das letzte Mal."

Er blieb stehen und schickte seine ganze Energie in die Wurzeln. Er bewegte sich in die Tiefe, er suchte nach Festigkeit. Mit geschlossenen Augen hoffte er auf den Stärkestrom durch Wurzeln und Stamm. Aber es passierte nichts. Lange stand er enttäuscht still und getraute sich nicht, aufzusehen zu den hohen Kronen der Bäume. So erbärmlich klein und wurzellos sah er neben ihnen aus.

Dann faßte er Mut und legte den Kopf in den Nacken und tastete sich mit dem Blick an den Stämmen empor, bis in die Kronen. Dabei spürte er, wie seine Sehnsucht wuchs, und es war ihm, als risse ihn das Erlebnis entzwei: hier so am Boden zu stehen, festgewachsen, hilflos, und dann mit den Augen in die Baumkronen zu schweben, den Geist fliegen zu lassen, grenzenlos zu sein. Und es doch nicht zu können.

Die Sehnsucht wuchs weiter, breitete sich in ihm aus, und plötzlich begriff er, daß es diesmal seine Sehnsucht sein würde, die ihm zum Wachsen verhelfen würde. Er heftete seinen Blick an das Oben, an die Wipfel und Wolken, an die Luft. Er rief sich selbst in den Himmel über ihm und spürte, wie er emporschoß und dabei gleichzeitig an Tiefe gewann und wie die Wurzeln sich ausbreiteten und Halt schufen.

Still sagte er vor sich hin: „Mal ist es die Erde, mal ist es der Himmel. Gestern waren es die Wurzeln, heute sind es die Knospen. Einmal ist es die Tiefe, dann wieder ist es das

Schweben. Geschoben und gezogen, Freiheit und Begrenzung. Fliegen und kriechen. Sie alle machen mich zum Menschen, der lieben kann. Nur so groß, wie die Wurzeln sind, wird die Krone sein, und die Krone muß so groß sein, um die Wurzeln zu erhalten. Das eine trägt das andere. Das Unsichtbare hält das Sichtbare hoch. Und was das Sichtbare aufnimmt, fließt dem Unsichtbaren zu. Was vor Augen liegt, trägt in sich die Weisheit der Tiefe, aber ohne Ausdruck bleibt die Weisheit unentdeckt."

So fand er auch diesmal wieder zu den Baumkronen und dem endlosen Blau dahinter, hochgerissen von seiner Sehnsucht.

An der Entfernung sterben wir nicht.
Mit Landkarten können wir sie aufheben.

An der Entfernung sterben wir nicht.
Am Telefon ist deine Stimme hier.

An der Entfernung sterben wir nicht.
Wir haben Bilder, auf denen wir bunt bleiben.

An der Entfernung sterben wir nicht.
Unsere Erinnerung ist ein Märchenland.

An der Entfernung sterben wir nicht.
Auf der Post beschleunigt ein Computer deine Briefe.

An der Entfernung sterben wir nicht.
Der Abstand schafft eine glückliche Verzerrung.

An der Entfernung sterben wir nicht.
Es ist leicht, Theorien zu vergleichen.

Wir sterben nur an der Nähe,
weil es in ihr keinen Schutz gibt.

Doch das ist das Tor.

Weil du mir Schmerzen machst,
indem du du bleibst,
auch wenn ich dir ein Bild male,
wie ich dich gerne hätte,
und dich mit meinem Wesen bitte,
mir das Leben leicht zu machen
und du es nicht tust,
sondern mich liebst
mit der Herausforderung,
die du bist,
darum kann ich dir trauen.

Wie armselig wärst du,
wenn du nur so wärst,
wie ich denken kann.

Die Weisheit der Bäume

Es wurde Herbst, und sie gingen durch raschelndes Laub. Ihre Füße wühlten sich ein, und wie Kinder rollten sie sich in den Blättern und bewarfen sich mit ihnen.

Er lag auf dem Rücken und blickte in die Eiche über sich. Der Baum war fast nackt, und seine grauen Äste glänzten matt. Er wußte, daß kein einziges Blatt am Baum bleiben würde. Nur kahle Äste.

„Warum?" fragte er. „Warum?"

„Das ist der Zyklus des Jahres."

„Das ist mir zu wenig. Ich wehre mich gegen die Zerstörung des Winters, gegen das Erfrieren, gegen das Vermodern im Herbst."

Still wiederholte sie: „Es ist der Zyklus", und nach einer Pause fügte sie hinzu: „Dieser Baum wächst nur, weil vor ihm Jahrtausende lang die Bäume ihre Blätter fallen ließen. Diese Blätter sind nun zu Erde geworden und ermöglichen jetzt das Wachstum dieses Baumes."

In ihm widersetzte sich noch etwas, aber schon sprach sie weiter. „Ich spüre schon die Herbststürme in der Luft. Es wird nicht mehr lange dauern, bis sie wie Peitschen durch diese Bäume fahren. Und wehe dem Baum, der den Reichtum seiner Blätter behalten hat! Die Stürme werden ihn abbrechen oder entwurzeln, und als Krüppel wird er zurückbleiben. Er muß die Blätter loslassen, um weniger Angriffsfläche zu bieten. Das ist die Weisheit der Bäume. Auch könnte er in der kalten Jahreszeit so viele Blätter nicht erhalten. Wenn alles friert, beschränkt sich das Leben auf die einfachsten Funktionen, um zu überleben. Das ist die Weisheit der Bäume."

Langsam schmolz der Widerstand in ihm, und er dachte an den Zyklus des Festhaltens und Loslassens in seinem Leben. Er wußte, daß ihm nichts gehörte. Alles war nur vorläufig.

Ich sehe unsere Ähnlichkeiten:
Deine Flucht gleicht meiner.
Wir fliehen vor nichts,
sondern zu etwas.
Die Türen nach innen
öffnen sich von selbst,
weil sie Einladungen sind.

Auch ich versuche, so wie du,
in dem einfachen Sein zu leben.
Von Minute zu Minute
wach zu sein
für das,
was ist.

Und so weiß ich,
wie ein Lachen gegen alle Theorien,
daß es mich gibt,
weil es dich gibt.

Der Schatten

„Was tust du, wenn du dich über mich ärgerst?“ fragte sie ihn.

Er erschrak und wollte nicht antworten. Er hatte Angst, die Zartheit ihrer Beziehung zu zerstören. Er wollte sie nicht verletzen und sagte: „Ich ärgere mich nicht über dich. Ich liebe dich doch.“

„Aber hast du dich nicht erst gestern über mich geärgert, weil ich so abwesend, in Gedanken versunken war?“

„Ja, aber ...“

„War ich dir gerade heute nicht zu hintergründig in meiner Erklärung einer scheinbar so einfachen Situation?“

„Vielleicht ein wenig.“

„Störe ich dich nicht manchmal mit meiner Einschätzung unserer Liebe, wenn ich sage, daß wir noch wachsen müssen?“

„Ja, manchmal schon. Aber was würde es helfen, wenn ich mich darüber ärgern und dich anklagen würde?“

„Es geht mir nicht um das Ärgern und Anklagen. Aber du hast einen Schatten in dir, den du nicht kennst und den du nie kennenlernen wirst, wenn du ihm nicht erlaubst, sich zu zeigen. Und wenn du nicht aufpaßt, wird er dein Leben beherrschen wie ein dunkler Tyrann, ohne daß du es weißt. Und du wirst ihm Tribut zahlen müssen, damit er sich nie zeigt und immer nur ein Schatten bleibt.

Wenn du dir erlauben würdest, dich über mich zu ärgern, mich auch mal anzugreifen, mich, die du liebst, dann würdest

du deinen Schatten zu sehen bekommen. Dann würde ihm die Macht genommen, und du wüßtest, daß du aus Licht und Schatten bestehst."

„Aber warum soll ich mich gegen dich richten?"

„Um echt zu sein und dich selbst besser kennenzulernen. Nur dein Schatten würde sich gegen mich richten. Deine helle Seite ist brav und weiß, wie sie sich zu verhalten hat. Weil du mich liebst, meinst du, kein Recht zu haben, dich zu ärgern. Aber dadurch entdeckst du nicht, was noch alles in dir wohnt. Darum kannst du auch so erschrecken wie zu Beginn dieses Gesprächs."

„Aber würde ich dadurch nicht dein Vertrauen zu mir zerstören?"

„O nein. Wenn du mir auch deine Schattenseite zeigst, weiß ich, daß du mir ganz tief vertraust. Du traust mir zu, dich auch so zu lieben. Ich weiß, daß du mich mit deiner Liebe, deinem Gutsein, deiner Sonnigkeit liebst. Aber du kannst mich auch mit deiner Verwirrung, deinem Ungehaltensein, deiner Not und deinem Schatten lieben."

„Aber wer bin ich denn?"

„Beides. Ein Mensch in der Spannung. Licht und Schatten. Glaube und Zweifel. Not und Glück. Ohne Schatten gibt es keine Tiefe, alles ist flächig und oberflächlich. Um an Tiefe zu gewinnen, müssen wir das Bild von uns selbst als der nur guten Person loslassen. Das macht uns Angst.

Ich merke, wie unsicher ich immer wieder bin, ob ich dich belasten kann mit der Person, die ich wirklich bin. Auch ich habe ein Bild von mir und versuche, dir das immer wieder zu zeigen. Aber ich weiß auch, daß uns das trennt, wenn ich nicht aufpasse. Auch ich will lernen, dir zu vertrauen, indem ich die bin, die ich bin."

„Ich verstehe, was du sagst. Aber ich habe mein ganzes Leben lang gelernt, daß man sich von der guten Seite zeigen soll, wenn man gemocht werden will. Wie steht es damit?"

„Willst du gemocht oder geliebt werden?"

„Das brauche ich dir nicht zu beantworten", sagte er und nahm sie in die Arme und drückte sie für ihren Mut.

Heute will ich dir meine Schwächen zeigen. Dafür brauche ich meine ganze Kraft.

Es ist, als ob du noch einmal existierst: in dir, wirklicher, echter. An diese Person wende ich mich, auch wenn du mich dann kaum verstehst.

Es ist keine Schuld, wenn ich etwas aus unserer Liebesvergangenheit vergesse. Es ist meine Liebe zum Weitergehen.

Ab einem gewissen Punkt ziehst du dich auch von dir selbst zurück, wenn du dich von mir zurückziehst. Um bei dir zu bleiben, mußt du bei mir bleiben, es auch mit mir aushalten. Sonst bist du auf der Flucht, bist ein Flüchtling, verlierst dich.

Wenn ich dich ganz mit Haut und Haar liebe, dann bin ich bereit, alles zu glauben. Besonders auch meine eigene Einbildung. Ich bin bereit, mich selbst zu belügen. Darum will ich darauf achten, daß ich immer noch ein wenig über meine Liebe lächeln kann. Das ist der heilsame Abstand des Wachseins.

Angenommen, entspannt

Als er wieder in ihren Armen lag, die Berührung des Gleichen und doch so Anderen, da lag er auch in seinen eigenen Armen. In ihr kam er auch zu sich.

Vorbei war für einen Augenblick die Angst, sie könne ihn verlassen oder es könne einfach enden. Er wußte, daß das Lieben nicht enden würde, weil er sich selbst hatte. Verbannt war die Unsicherheit, dieses Nagen an der Seele, weil nichts fest und endgültig ist. Auch wenn sich die Welt nicht verändert hatte, so wußte er doch um die Sicherheit in sich.

Und als er sie hielt, noch vorsichtiger als früher, aber nicht aus Angst, sondern aus Behutsamkeit, da spürte er die Welt in seinen Armen. Die Welt in ihrem endlosen, leidvollen, herrlichen Sehnen nach Erfüllung war gegenwärtig. In dem Puls ihres Leibes spürte er den Puls der Welt – dieses Atmen von etwas her und zu etwas hin. In ihrer Zuneigung fühlte er sich angenommen vom Universum. Die Feindlichkeit des Lebens war einen Moment lang überwunden. Verteidigung war nicht nötig.

Und als sie sich aus seinen Armen löste, um ans Fenster zu gehen, spürte er nicht Verlust, sondern ihrer beider Freiheit. In der Stille war Friede und nicht Leere.

Durch Freude wachsen

„*G*ibt es eine Seite in dir, die gerne leidet?" fragte er sie.

Sie war erstaunt über die Frage. Dann erklärte er, was er meinte: „Du sprichst viel über Schmerz und Schwere, als würdest du aus dem Leiden eine Tugend machen wollen. Du glaubst doch nicht, daß Leid den Menschen automatisch reifer macht, oder?"

Sie wollte schnell antworten, begann dann aber zu überlegen und merkte, daß die Antwort nicht so kurz und einfach „Nein" sein würde. Vielleicht hatte sie etwas übersehen, was ihm aufgefallen war. Sie war bereit, sich herausfordern zu lassen, und so antwortete sie: „Ich habe viel Flucht vor Leid gesehen. Menschen wollten einfach nicht annehmen, daß das Leid auch zum Leben gehört. Dabei habe ich immer wieder festgestellt, daß die Flucht dann erst zu richtigem Leiden führte, vielleicht nicht für die fliehende Person, aber für alle anderen. Ich habe Menschen sehr unbewußt leben gesehen. Mitunter waren sie sogar stolz, so unbewußt zu leben. Sie nannten es dann Kindlichkeit. Ich habe mir damals, ich war noch recht jung, gesagt, daß ich nicht so unbewußt und unreflektiert durchs Leben gehen will. Ich bin in mich gegangen, habe versucht, mich und andere zu verstehen. Zusammenhänge zu begreifen, die hinter Handlungen versteckten Motive zu entdecken und den Sprüchen unserer Gesellschaft nicht zu trauen.

Dabei bin ich auf viel Ablehnung und Widerspruch gestoßen. Oft fühlte ich mich als Außenseiterin und habe darunter gelitten. Ja, vielleicht habe ich daraus die Einstellung entwickelt, daß alles Wachsen, besonders das Leben und Wachsen gegen den Strich, schmerzhaft ist. Aber ich habe daraus nie eine Tugend machen wollen."

„Ich habe dich gefragt, weil ich merke, daß ich mit dir in wunderbarer Weise gewachsen und gereift bin, auch dann, wenn es nicht geschmerzt hat. Ich wurde nicht gezwungen und nicht geschoben, sondern angezogen von dem, was vor mir lag. Die Erreichbarkeit meiner Vorstellungen hat mir Energie gegeben. Durch die Freude konnte ich wieder leben. Vielleicht verändern wir uns doch nicht nur unter Druck. Die Freude, die uns in der Tiefe berührt, hat etwas Werbendes an sich, das uns ins reife Leben ruft."

Auf den Eisschollen

Als im Frühjahr das Eis schmolz, sprangen sie übermütig auf den Schollen über den kleinen Fluß. Schnell hatten sie nasse Füße. Immer wieder rutschten sie ab, fingen sich sofort und sprangen schnell zur nächsten, wenn die Scholle unter ihrem Gewicht in die Tiefe abkippte.

Eine einzelne Scholle war zu klein, um sie ganz zu tragen, aber groß genug, daß man von ihr zur nächsten gelangen konnte und zur nächsten, bis zur anderen Seite des Flusses.

„Hast du gemerkt", fragte sie schnaufend, und der Atem gefror ihr vor dem Mund, „hast du es gemerkt?"

„Ja", antwortete er atemlos, mit roten Backen und mit den Augen noch einmal von Scholle zu Scholle springend. „Ja. Nur wenn wir uns bewegen, haben wir eine Chance. Nichts trägt uns für immer!"

Das Geheimnis

Sie zündete eine Kerze an, machte es feierlich. „Ich möchte über ein Geheimnis reden, das dir vielleicht zuerst wie ein Verrat klingen mag. Aber laß mich über meine Worte zu dir finden. Ich will dich einlassen in meine Seele, und dann sollst du feststellen, ob nicht auch in deiner Seele das gleiche Geheimnis wohnt."

Die Stille ruhte um sie. Es war die Stille der Fruchtbarkeit und des Neuen, und als sie weitersprach, konnte er es aufnehmen wie Samen.

„Nichts, was du an und mit mir getan hast, war nur die Tat selbst. Nie hast du nur mich gemeint. Jeder deiner Liebestaten war eine Sehnsucht beigemischt, eine Sehnsucht nach Erfüllung und Begegnung nicht nur mit mir. In jeder deiner Handlungen lebte eine Ahnung von Ungesehenem und Ungehörtem. Deine Sehnsucht wuchs aus der Ahnung, und die Ahnung zehrte von der Sehnsucht. In dir wechselten das Glück und die Enttäuschung. Du fielst in Feuer und Wasser. An dir hingen die Gewichte der Welt, und doch konntest du fliegen.

Du glaubtest, es hinge alles nur mit mir zusammen, und zunächst war es auch so. Aber auch ich war nicht nur ich selbst. In mir wohnte der, nach dem du Sehnsucht hast. In mir hast du ihn gesucht und auch gefunden, weil alles, was ich dir tat, er dir auch tat. Meine Liebe zu dir war auch seine Liebe zu dir. Seine Liebe konntest du nicht begreifen, aber meine war dir nah. Er hat diese Verkleidung gewählt, um zu dir zu gelangen, um dir nah zu sein, weil er dich liebt."

Eine tiefe Enttäuschung überfiel ihn. Daß Gott hinter seiner Liebe und in seiner Geliebten gewesen sein sollte, erschreckte ihn. Er wußte nicht, was das bedeutete. Er fühlte sich betrogen. Er zweifelte an der Echtheit seiner Geliebten, hatte aber nicht den Mut, es ihr zu sagen.

Sie spürte sein Durcheinander und fühlte sich so stark wie noch nie zu ihm hingezogen. Sie wußte, daß jetzt alles zu verlieren war oder daß jetzt der Durchbruch erfolgen konnte. Zart, aber bestimmt sagte sie: „Unsere Liebe zueinander hat immer in Gott bestanden. Er hat uns mit Liebe begabt. Nichts von dem, was ich dir jetzt sage, macht unsere Liebe kleiner. Glaube es mir, Geliebter. Alles in mir strömt zu dir hin, und doch wird es dir nicht genug sein. Jetzt vielleicht noch, aber bald nicht mehr. Unsere Sehnsucht ist größer als die Erfüllung, die wir einander geben können. Erinnerst du dich noch, als ich dir sagte, daß du mir nicht genug sein würdest und du damit Mühe hattest? Jetzt haben wir den Punkt erreicht. Entweder wiederholen wir uns, oder uns gelingt der Durchbruch in das Neue. Entweder erschöpfen wir uns in der Gewöhnung, oder wir nehmen unsere Sehnsucht noch größerer Tiefe und Erfüllung ernst."

„Aber sind wir dann nicht nur Marionetten in Gottes Händen? Können wir unseren Gefühlen dann noch trauen? Täuschen wir uns selbst und einander dann nicht, wenn wir denken, daß wir einander lieben, wenn es aber im Grunde nur die Sehnsucht nach Gott ist?"

„Die Formen der Liebe sind nicht zu trennen. Das passiert nur, wenn wir Worte gebrauchen. Meine Liebe zu dir ist meine Liebe zu Gott. Alle Liebe ist eins. Gott ist ein Gott der

Beziehung. Gott ist Beziehung. Du meinst, Gott will mich von dir nehmen. Nein! Er will nicht nur, daß wir einander finden und uns aneinander verschenken, wie wir es in den letzten Monaten getan haben, sondern er will auch sich selbst noch schenken."

Sein Durcheinander hatte zugenommen. Er drohte unterzugehen in den Gedanken und ahnte doch, daß er weiterdenken mußte, wenn er nicht wieder in den alten Ablauf seines Lebens zurückfallen wollte. Verliebt war er schon öfter gewesen, und er meinte auch schon wirklich geliebt zu haben, aber dann war doch immer wieder alles in die Brüche gegangen. Vielleicht wußte sie den Weg weiter.

Mit seinen Augen und seiner Körperhaltung machte er ihr Mut, weiterzusprechen.

Sie nahm es wahr und versuchte, sich noch mehr in ihn hineinzuversetzen. „Gott ist nicht ein finsterer Gott, der dir alles nehmen will. Er ist in deiner Sehnsucht. Er war es, in Form deiner Sehnsucht, der dich auf mich aufmerksam gemacht hat. Er ist in dir, wie dein Herz und deine Haut. Er wirbt um dich. Er ist dein tiefster Wunsch und Wille, das Ende aller Illusionen. Er ist dein reinstes Gefühl, deine bedingungsloseste Freiheit. Er ist dein Schmerz und dein Glück. Auch als du ihn noch nicht geahnt hast, wohnte er bereits in dir."

„Aber wer bist du dann?" fragte er sie. Er hatte Angst, sie an Gott zu verlieren, festzustellen, daß sie keine eigene Wirklichkeit mehr besaß.

Als sie seine Angst merkte, kam sie ihm zu Hilfe. „Ich bin ich. Ich bin die Frau, die du lieben gelernt hast, und ich werde immer diese Frau bleiben. Vielleicht werden wir beide die Zusammenhänge zwischen unserer Liebe zueinander und Gott noch besser verstehen."

„Können wir das alles jetzt ruhen lassen?" fragte er.

Wortlos legte sie einen Arm um ihn, und er wußte, daß er ihr das Wort nicht abgeschnitten hatte.

Später sagte sie noch: „Ich danke dir für deine Geduld. Es war sehr wichtig für mich, das alles sagen zu können. So bekam ich es selbst zu Gesicht und weiß besser, was ich glaube."

Gott gegenüber

Am nächsten Tag kam sie noch einmal auf das Gespräch zurück: „Ich glaube, daß unsere Seele nicht erfüllt sein wird, bis sie Gott gegenübersteht, nicht mehr als Abhängige und Unterwürfige, sondern eben als Gegenüber, nicht als Schöpfung, sondern als Wesen, das durch eigene Entscheidungen zu etwas ganz Eigenem geworden ist. Eine Seele, die sich selbst geformt hat, durch einen Willen und durch viele Wahlen.

Und so herrlich es auch ist, dir gegenüberzustehen, es ist nicht dasselbe. In dir ist ein Mensch auf der gleichen Pilgerschaft. Beide arbeiten wir an unserem Sein. Beide werden wir. Ich will es in einem Bild ausdrücken: Zwei junge Menschen verlassen ihre Elternhäuser, um sich in der Welt zu behaupten und zu eigenen Menschen zu werden. Sie begegnen sich unterwegs, tauschen Erfahrungen aus, begleiten einander und stehen einander bei, so gut sie können. Aber in ihnen ist ständig der Wunsch, irgendwann doch als Eigenständige, als solche, die es im Leben geschafft haben, vor ihren Eltern zu stehen und wortlos zu spüren, daß sie erwachsen sind, und daß die Eltern es auch merken.

Nichts weniger wünschen wir mit Gott. Und ich glaube, daß Gott das auch wünscht. Darum schickt er uns einander: damit wir austauschen können, wo es auf dem Weg des Erwachsenwerdens weitergehen könnte, und daß wir einander herausfordern, nicht bei einem uns gefälligen Alter stehenzubleiben."

Wenn du kommst,
auch nach langer Abwesenheit,
werde ich dich durchs Fenster sehen,
zur Tür gehen
und sie mit beiden Händen aufmachen.

Ich werde dich ansehen
und mich von dir ansehen lassen.
Ich werde alle Verwundungen
vergessen können
und dich hereinbitten.

Und wir werden feiern,
daß es uns gibt,
daß wir auf dem Weg sind,
daß unsere Wege sich kreuzen,
so frei, so leicht.
Wenn du kommst,
wenn du den Weg wählst
und nicht stehenbleibst.

Die Seele, der Geist

*M*ehr und mehr kam für ihn jetzt zusammen. Er begriff nicht nur mit seinem Kopf, sondern auch mit seinem Leben. Alles nahm an Deutlichkeit zu.

Zur Freundin sagte er: „Schon lange habe ich gespürt, daß meine Seele eine Gottsucherin ist, daß sie eine Frau ist, die ich zu wenig verstehe. Nie habe ich die Worte und Einstellungen gelernt, die den Weg zu ihr freilegen. Ich habe zuviel gewußt und zu wenig geahnt. Ich habe nur den Mann in mir gekannt und bin darum ein halber Mensch geblieben. Ich habe nur selten verraten, was ich gefühlt habe. Manchmal habe ich mich selbst betrogen, aus Angst, meine Seele deutlich zu hören. Und doch lebte in mir die Sehnsucht nach meiner Seele. Und diese Sehnsucht hat mich zu dir geführt. Und weil du Frau bist, wußtest du mehr über meine Seele als ich selbst. Du kanntest ihre Sprache und konntest mit ihr sprechen. Und weil du Worte hattest, habe ich nun auch Worte gefunden, um mit ihr zu sprechen.

Aber erzähle mir, was in dir passiert ist."

„Obwohl meine Seele ebenso eine Frau ist, hat sie doch Seiten, die nur du mir erschließen konntest. Sie sprach auch eine Sprache, die ich nicht kannte und die ich erst lernen mußte und die ich jetzt durch dich lerne. Dafür danke ich dir.

Durch dich hat sie eine stärkere Stimme gewonnen. Sie hat Selbstvertrauen gewonnen, da zu führen, wo sie führen kann, zu fragen, wo sie Fragen hat, zu schweigen, wo in ihr Stille ist. Durch dich habe ich gemerkt, daß die Sehnsucht meiner Seele letztlich unstillbar ist in einer Beziehung; daß die Seele weiter will, daß sie immer das Unendliche sucht oder den Unendlichen. Gerade an dem Unmöglichen habe ich entdeckt, was möglich sein muß.

Ich merke, daß ich eigentlich nicht mehr von der Seele spreche, sondern von dem Geist in uns. In uns wohnt der Geist Gottes, der uns zu sich einlädt. Der tiefste Wunsch der Seele ist es, den Geist zu finden. Es ist der Geist, der der Seele ihre Würde gibt, sie aufhebt und beglückt. Die Seele mit ihrer Sehnsucht und ihren Bedürfnissen läuft manchmal Gefahr, uns zu zerstören. Sie will uns ganz bestimmen und besitzen. Nur in der weisen Führung durch den Geist findet auch sie ihren Platz in unserem Leben.

Das alles zu erforschen, wird ein ganz neues Kapitel in unserer Beziehung sein. Ich bin dabei, größer, weiter, reifer zu denken, und ich bin glücklich, es mit dir zusammen tun zu können. Ich bin so auf dem Weg ins volle Leben wie noch nie!"

Dann machte sie eine Pause, als brauchte sie Erholung, und fuhr dann fort. „Was ich dir jetzt gesagt habe, Lieber, ist mein Allerinnerstes. Ich will es dir anvertrauen. Ich habe dich auf den Grund meines Wesens sehen lassen. Trage es als kostbares Geheimnis in dir."

Landschaft im Licht

Seine Liebe zu ihr wurde reicher, dichter, bedingungsloser. Wo er sie vorher manchmal wie einen Schatten gesehen hatte, was er aber erst jetzt merkte, da sah er nun ihre Züge klarer und markanter – die Züge eines Menschen, der sich ausweglos dem Pfad der Liebe anvertraut hat. So gegenwärtig war sie, so sichtbar, so berührbar. Doch war sie zur gleichen Zeit durchsichtig, ein Schleier, durch den man sehen kann, hinter dem aber noch mehr zu vermuten ist. Sie war Geheimnis, das entdeckt werden will, Ahnung, die gespürt werden will, Versprechen, das eingelöst werden will.

Und hinter ihr, die er so liebte, ahnte er mehr und mehr eine größere, unbändigere, bedingungslosere Liebe – Gott, der sich nicht mehr in die Gestalt eines Menschen hüllt, um sich ertragbar zu machen, sondern Gott ohne Grenzen, ohne Namen, ohne Beschreibung. Kern und Rand des Universums zugleich. Die Kraft, die alles erhält. Er spürte den Geist – die Herausforderung an seinen Willen und den Wunsch, aus diesem Willen zu handeln, in Entschiedenheit zu leben.

„Ich habe einen Menschen gesucht", sagte er zu sich selbst, „und mich gefunden. Der Schlummernde in mir ist erweckt worden. Ich habe die Liebe gesucht und das Leben gefunden. Das Leben in einer mir unbekannten Dichte. Ich habe das Leben gesucht und sie, meine Geliebte, gefunden. Nicht als Besitz, nicht verfügbar, aber als Begegnung, die mir neue Wege eröffnet."

Und er erlaubte dem Glück, sich in ihm auszubreiten. Er war eine innere Landschaft, von Licht überflutet.

Warum eine so starke Frauengestalt schaffen?

Gedanken zu diesem Buch

Schon seit vielen Jahren beschäftigen mich die Fragen nach der Beziehung der Geschlechter zueinander. Es scheint mir immer mehr so, als werde sich gerade in diesem Bereich entscheiden, ob ein Mensch wächst und reift oder nicht. Und davon, wiederum, ist abhängig, ob es uns gelingen wird, auch unsere nationalen und internationalen Konflikte zu lösen. Der Mensch, der in unreifer Weise mit seinem Mitmenschen umgeht, wird letztlich auch ein unreifer Politiker, Chef oder Künstler sein.

Ich habe bewußt die Frauengestalt in diesem Buch sehr stark gezeichnet. Das Buch ist ja eine Kombination von Erzählung, Gleichnis und Lehrstück. Es ging mir also nicht in erster Linie darum, Fleisch-und-Blut-Menschen zu schaffen. Ich wollte etwas mir Wichtiges über Beziehungen und Liebe aussagen. Ich glaube, daß wir in einer Zeit leben, in der es wichtiger als je zuvor ist, daß wir uns darauf besinnen, wie wir überleben können, im Kleinen und im Großen. Wir stehen kurz vor der wahrscheinlich letzten Katastrophe der Menschheit. Wenn es jetzt schiefgeht, dann gibt es kein „Danach“ mehr.

An diesen Rand hat uns eine männliche Art, das Leben anzugehen, gebracht. Die Werte der Männerwelt, die Hierarchiebetonung, der Eroberungsdrang, das Besitzdenken, der Kampfgeist, sie alle haben zu dem Verlust einer wichtigen Seite des Menschlichen beigetragen, und darunter leiden wir jetzt. Die weiblichen Werte, das Nach-innen-Nehmen, das In-einem-Stück-Leben, die existentielle Betroffenheit und nicht nur das Verkopfte, das Mit-dem-Mysterium-Verbundene und nicht nur Aufgeklärte, das Schützende und Hegende, das brauchen wir jetzt mehr denn je. Und ich glaube, daß der Bereich der Liebe, der Beziehung in ihrer ganz existentiellen Form, der Ort ist, wo die Veränderung durchschlagend passieren kann und muß, wenn wir weiterleben wollen.

Es ist Zeit, daß unsere Kultur, die stark von Männern gemacht und geprägt wurde, von der Art der Frau lernt. Der männliche Mann muß begreifen, daß sein Beitrag, der vielleicht zur Erschließung der Welt nötig war, jetzt zur Zerstörung führt, wenn das Weibliche weiterhin so wenig zu sagen hat. Wir brauchen hier nicht erst auf eine Nuklearkatastrophe zu warten: die Aufrüstung und der Umgang mit der Mitwelt sind bereits die Zerstörung! Nur wenn der Mann durchschaut, daß manchmal sogar seine Art zu lieben eine Form der subtilen Ausbeutung war, wird es eine neue Art der Beziehung zwischen Männern und Frauen geben, und nur dann hat unsere Welt noch eine Chance zu überleben.

Es geht natürlich nicht nur um Männer und Frauen. Die Trennungslinie ist keine biologische. Es geht um den männlichen und den weiblichen Ansatz, der sich so schwer beschreiben läßt. Es gibt viele Frauen, die den Zugang zu ihrem Frausein verloren haben und sich auf „männliche“ Art profilieren. Sie lernen, mit den Waffen der Männer zu kämpfen, weil sie meinen, nur so gehört zu werden. Andererseits gibt es Männer, die ihre weibliche Seite entwickelt haben und schon dabei sind, von innen her an der Erhaltung der persönlichen und der globalen Welt zu arbeiten.

In meiner Erzählung habe ich die Einsichten und den Durchblick stärker in die Frauengestalt hineingelegt, weil ich glaube, daß die für uns wichtigen Einsichten vom Weiblichen auch in erster Linie bei der Frau liegen, soweit die Frau noch den Kontakt zu sich selbst behalten hat und sich selbst ernst nimmt. Die Frau, das Weibliche, hat dann die Möglichkeit, den Mann, das Männliche, zur Ganzheit und Gesundung zu führen und dabei selbst das Gegenüber zu finden, das die Lebensqualität erhöht. Darin liegt Hoffnung für alle.

Burnaby, B. C., Canada, April 1986 *Ulrich Schaffer*

Maria Otto
Sanft und verzaubernd – der Mond
Inspirationen bei Nacht
Band 5008
Maria Ottos Blick auf den Mond ist poetisch und spirituell – inspiriert vom Zauber der Wahrheit in der Zone der Träume.

Laß dir Zeit
Entdeckungen durch Langsamkeit und Ruhe
Band 5006
Hrsg. von Rudolf Walter
Die Autoren inspirieren dazu, sich wieder Zeit zu nehmen für das Leben: für Liebe und Zärtlichkeit, Trauer ebenso wie für Freude und Genuß.

Antoine de Saint-Exupéry
Man sieht nur mit dem Herzen gut
Band 5005
Von der Zuneigung und Freundschaft zwischen Menschen und darüber, wie das Eigentliche gelebt werden kann.

Norman Vincent Peale
Dazu bestimmt, mit den Sternen zu reisen
Visionen, die das Leben beflügeln
Hrsg. von Ralph Waldo
Band 5004
Der ansteckende Glauben an das Gute im Menschen, vom Autor des Weltbestsellers „Die Kraft des positiven Denkens“.

Anselm Grün

50 Engel für das Jahr

Ein Inspirationsbuch

Band 5003

Die 50 Engel des Jahres sind inspirierende und diskrete Begleiter des Alltags. Ein „himmlisches“ Buch, zum Schmökern und Verschenken.

Hör mal, ob dein Herz noch schlägt

Leidenschaft statt Langeweile – prickelnde und sanfte Texte für Frauen

Hrsg. von Gabriele Hartlieb

Band 5002

Geschichten und Gedichte über Liebeslust, Arbeitswut, Stillwerden und Hingabe, von Gioconda Belli bis Ina Deter.

Kakuzo Okakura/Soshitsu Sen

Ritual der Stille

Die Tee-Zeremonie

Band 5000

Das Buch vermittelt inspirierende östliche Weisheit, Stille und Klarheit. Tee-Zeremonie als Lebens-Kunst.

HERDER / SPEKTRUM